涼宮春日的煩悶
谷川流

SOS團——要參加棒球大賽！
？
ㄟ……？

微笑♪
常九居
攤開
即日起

這樣看起來……
挺孩子氣的。

朝比奈（大）輕輕戮著朝比奈（小）的臉蛋。

阿虛，難不成……那個人，
死了嗎？

嗒!
涼宮春日的煩悶
谷川流&いとうのいぢ
開麥拉

涼宮春日的煩悶

谷川流

涼宮春日的煩悶

CONTENTS

封面、內文插畫／いとうのいち

序曲

回想起來，與其說是涼宮春日的、不如說是我的憂鬱的ＳＯＳ團，其成立紀念日是在初春的時候；而同樣一點都沒困擾到春日，反倒讓我不禁嘆息的自費電影拍攝所牽扯出來的一連串事件，則是在秋天發生的。

其中當然經過了約半年之久的時間。中間夾著暑假的這半年當中，春日自然不可能閒閒沒事幹，任由時間就這樣無意義地流逝。無庸置疑，我們理所當然地又被捲進了不合理且莫名其妙的事件，或者甚至不知道算不算事件的意外之類的風暴當中。

再怎麼說，季節終歸會變換。就如同隨著氣溫的上升，各式各樣的昆蟲相繼出現一樣，謎一般的想法不斷地從春日的腦袋中泉湧而出。如果她只是想到什麼點子倒也罷了，偏偏我們總會陷入必須將那些點子善加處理的詭異狀況，這到底是怎麼回事啊？

我是不清楚古泉或長門以及朝比奈是怎麼想的，但是至少我的自覺症狀是：自己明明身心健全，卻會在每次事發的當時，有一種自己是一隻小小圓圓的動物，因為肚子吃得太撐、體重變得太重而沒辦法活動的感覺。最後只有一個結局，那就是骨碌碌地滾下坡道去。

搞不好現在就已經在滾了。

因為，春日有一個讓別人再困擾不過的習性：那就是一旦她的腦裡沒有經常裝滿愉快的事物，她就會開始想一些讓人哭笑不得的鬼點子。總之，她似乎就是無法忍受無所事事的狀況。因為無所事事，所以開始尋找一些莫名其妙的事情來做——她就是這樣的人。而根據我個人的經驗，只要春日話一出口，我們就沒辦法安安心心地過日子。或許往後都不會再有那種日子了。好個傷腦筋的傢伙啊。

不管結果好壞，就是不想過煩悶生活的女孩子，這就是涼宮春日。

因為機會難得，所以我想在這裡介紹一下當憂鬱轉換成嘆息的這半年當中，我們ＳＯＳ團擊退煩悶的種種事蹟。至於為什麼說機會難得，其實我也不知道，反正說出來也不會少一塊肉。而且我真的希望，至少有一個人能夠與我共同「分享」我心中抱持的這種無以名狀的心情。

是的……首先就從那場可笑的棒球大賽開始說起吧。

涼宮春日的煩悶

某天在「讓世界變得更熱鬧的涼宮春日團」——簡稱ＳＯＳ團的地下指揮總部（正確說來目前仍然是文藝社的社團教室），涼宮春日以彷彿是棒球隊長在甲子園中抽到上上籤後，代表選手宣誓時的激昂神態興奮地宣稱：

「我們要參加棒球大賽！」

時值六月某天的放學後，距離那場對我而言如同一場惡夢的事件已過了兩個星期，拜該事件之賜，我沒能好好集中精神念書，以至於期中考成績成了我不折不扣的惡夢，並在那個初夏時分不斷困擾著我。

那個春日再怎麼客觀來看都沒有認真上過課，偏偏她的成績居然是全學年排行前10名，所以說，要是這個世界上真有神明存在的話，我相信祂要不是沒有識人的眼光，要不就是一個極度壞心眼的傢伙。

……唉，這些事情都已經無所謂了。倒是春日現在叫嚣的談話內容比較讓人擔心。這傢伙又在鬼扯什麼啊？

我環視著這間教室裡除了我之外的其他三張臉孔。

最先看到的，是看起來有著一張像國中生一樣天真臉孔的朝比奈。如果在她背上裝上一對白色翅膀的話，活脫脫就是一個即將要返回天國的可愛小天使。不過我卻很清楚她是一個與其臉蛋及嬌小身材不相符，充滿致命吸引力的美少女。

不知道為什麼唯一沒有穿上這所高中制服的朝比奈，現在身穿一套淺粉紅色的護士服，美麗的嘴唇迷人地半開著，定定地看著春日。她不是護校學生也不是角色扮演狂，只是服從春日的命令罷了。大概又是春日不知道在哪個奇怪的網路購物買來的吧？她總是帶來一些莫名其妙的衣服，強行要求朝比奈穿上。我相信一定會有成千上萬的人有同樣的疑問：「穿這身衣服到底有什麼意義？」答案是這樣的：

「這種事情哪需要什麼意義？」

春日曾以命令的語氣明明白白地交待她：「在這間教室時，要一直穿著這身衣服。絕對要穿！」朝比奈雖然泫然欲泣地掙扎著：「那……那不好吧……」但是她還是認分地遵照著春日的指示。她那太過惹人憐愛的模樣，有時候實在讓我恨不得從背後緊緊抱住她。不過到目前為止我還沒有做過。我可以發誓。

順便告訴各位，兩個星期之前，她的標準服裝是女侍裝，而現在那套女侍裝已經用衣架掛起來，吊在社團教室的角落了。其實女侍裝比較可愛，也比較適合朝比奈，而且跟我的興趣一致，所以我一直希望能趕快回歸原點。我相信朝比奈應該會應觀眾要求行事吧？雖然會讓她感到既苦惱又羞恥。嗯，真是不錯。

而現在，朝比奈護士聽完春日關於棒球的長篇大論之後，發表了意見：

「啊……？」

她只是用金絲雀打招呼般的可愛聲音出了一聲，然後就沒再說什麼了。也難怪她有這樣的反應。

我接著把視線轉向在場的另一個女孩子臉上。

身高和朝比奈差不多，但是存在感卻猶如向日葵和筆頭菜的差異般的長門有希，一如往常好像什麼都沒聽到似地打開厚厚的精裝書本，視線釘在書頁上動也不動。每隔數十秒，她的手指頭就會翻過書頁，這時才終於讓人明白這傢伙還活著。我相信學過說話的黃背綠鸚鵡所說的話都比她多，即便是冬眠中的倉鼠動作也比她敏捷。

她在不在其實都沒差，所以也不需要我多花費力氣去描述。不過如果做個簡單介紹的話，這傢伙跟我還有春日一樣是一年級生，是這間社團教室原本所屬社團的學生——只有一個成員的文藝社。也就是說，ＳＯＳ團＝我們的同好會借用了文藝社的社團教室。說得更清楚一點，其實我們是形同寄生似地占據了這間教室。而且這件事當然還沒有得到校方的承認。因為之前我們遞交出去的創社申請書，吃了學生會的閉門羹。

「……」

再將視線從面無表情的長門臉上移開，旁邊便是古泉一樹那張盈盈笑著的英俊臉孔。他帶著覺得很有趣似的表情，把視線投向我。這傢伙怎麼想都比長門更不重要。這個謎樣的轉學生——雖然只有春日一個人說什麼謎不謎樣的——帥氣地撥開額前的瀏海，將那端正到令人恨得咬牙切齒的臉孔扭曲成微笑的形狀。當他的視線一對上我，就以讓我幾乎想一拳揍過去的動作無意義地聳著肩。這傢伙是不是欠揍啊？

「妳說要參加什麼？」

因為沒有人有任何反應，所以一如往常還是由我勉為其難地反問春日。為什麼大家老是把我當成和春日溝通的管道？再也沒有任何事情比這個任務更讓我傷腦筋的了。

「這個。」

一臉得意表情的春日遞給我一張傳單。我一邊用眼角餘光瞄到對傳單沒什麼美好回憶的朝比奈悄悄地蜷縮起身體，一邊將傳單上所寫的字唸出來：

「第九屆市內業餘棒球大賽募集通知。」

大概是個用錦標賽的方式，選出本市的草地棒球冠軍隊伍之類的活動。主辦單位是市公所，似乎是歷史悠久、每年都會舉辦的活動。

「嗯～」

我低聲嘟囔著抬起頭來。只見春日那明亮得幾乎綻放出光芒的臉上帶著百分百的微笑，直逼我的眼前。我不由自主地往後退了半步。

「那麼，誰要參加這個草地棒球大賽？」

我心裡很清楚，但是還是姑且問了問。

「當然是我們了，那還用說嗎!?」春日斬釘截鐵地說。

「所謂的『我們』，是包括我跟朝比奈還有長門跟古泉？」

「那還用說？」

「不問問我們的意思嗎？」

「我們還需要四個人。」

跟往常一樣，這個不把跟自己想法背道而馳的話聽進去的傢伙。我突然想到一件事：

「妳懂棒球的規則嗎？」

「多少懂一點啦。這種運動不就是投球、打球、跑壘、滑壘、阻截嗎？我之前意思意思參加過棒球社，多少了解一些。」

「所謂的意思意思，請問妳到底去了幾天？」

「大概不到一個小時吧？因為覺得一點都不好玩，所以就回家了。」

既然覺得一點都不好玩，那麼為什麼還想參加？而且非要我們共襄盛舉不可？對於我這個太過理所當然的疑問，春日做了以下的答覆：

「這是讓天下人知道我們存在的大好機會呀！如果能在比賽中獲勝的話，搞不好ＳＯＳ團的名號會一舉獨步天下呢。機會難得！」

一來，我實在不希望這種團名再傳進更多人的耳裡；二來，就算ＳＯＳ團可以獨步天下又怎樣？什麼叫作大好機會啊？

我不知所措，朝比奈也一臉茫然。古泉嘟噥著：「原來如此、原來如此。」臉上一點困惑的神色都沒有。至於長門到底覺不覺得困擾呢？搞不好她連這些話都沒聽進去，她仍然頂著一如往常的無機質的表情，像尊陶器般動也不動。

「我說，這可是個Nice Idea，對不對？實玖瑠？」

面對春日這一記突如其來的攻擊，朝比奈一陣畏縮。

「啊？啊？可、可是……」

「怎麼了？」

春日以宛如鱷魚欺近在水邊喝水的小鹿一般的動作，繞到朝比奈的背後，突然一把抱住作勢要站起來的嬌小護士——或者說是護理師。

「哇呀！妳、妳做什麼！」

「妳聽著，實玖瑠，在這個團裡面，領導者的命令是絕對的！抗命的罪是很重的喲！有什麼意見，會議中再說！」

會議？她指的是那種總由她自己一廂情願，為了把莫名其妙的事情塞給我們所召開的集會嗎？

春日將她那像兩條白蛇一樣的手臂，纏在不斷掙扎的朝比奈的脖子上。

「棒球不是很好玩嗎？我可要言明在先，我們的目標是贏得勝利！連一場失敗都不允許！因為我最討厭失敗了！」

「哇哇哇……」

朝比奈翻著眼珠、紅著臉，不停地顫抖著。春日一邊以幾近摔角選手的擁抱技法制住朝比奈，啃著她的耳朵，一邊狠狠地瞪著我，好像在揶揄我臉上所露出的羨慕表情。

「沒意見吧⁉」

我們有沒有意見都無關緊要，反正不管我們說什麼，妳根本就不打算理會啊！

「有何不可呢？」

古泉竟然跟她一個鼻孔出氣。

喂喂！別這麼乾脆地就投下贊成票。偶爾也該提出一點反駁意見吧！

「那我現在就去棒球社要一些道具來！」

春日以小型龍捲風般的驚人態勢飛奔而出，被解放開來的朝比奈癱在椅背上，古泉則開始抒發他的感想：

「我們應該慶幸她不是要發動捕捉外星人的戰爭，或是計畫ＵＭＡ（註：Unidentified Mysterious Animals，未知生物）探索旅行之類的事情啊。打棒球跟我們最害怕的非現實現象沒什麼關係吧？」

「說的也是。」

這種時候我姑且也贊成他的說法。春日再怎麼瘋狂，也並沒有說出要找外星人、未來人或超能力者的話來。既然如此，與其在城裡四處尋找根本不可能發現的超常現象（ＳＯＳ團的主要活動就是這個），不如去打一場草地棒球要好一些。再說，朝比奈也不停地點著頭。

結果，我們的推測完全走偏，不但失去準頭，春日射出的箭甚至貫穿掛著靶的牆壁，不知道飛到什麼地方去了。這是不久之後我才了解到的事實。

總而言之——我心想，就算不是棒球，只要能吸引住別人的目光就可以了吧？由春日揚著旗幟奮力往前衝的ＳＯＳ團，不僅名稱可恥，甚至稱不上同好會，也尚未獲得學校公認，本身就是這傢伙一廂情願想出來的產物。「讓世界變得更熱鬧的涼宮春日團」這個正式名稱，不但冗長而且又自命不凡得可怕，聽起來更是抽象怪異。我本來企圖將命名縮短的想法被無情地否定後，從此就再也找不到更名的機會。

以前我曾問過春日這是一個從事什麼活動的社團，結果春日頂著一張好像砍下敵方將領首級的步兵一樣的表情回答：

「找出外星人、未來人或超能力者和他們一起玩！」

這是讓一開始就以奇言怪行名聞全校的涼宮春日，從此完全被視為怪人代名詞的著名台詞。

這種情形就像烏鴉蒐尋發光物體；貓看到小而滾動的物體就出於反射地一躍而上；在廚房一發現蟑螂就四處找殺蟲劑一樣。只要是在偶然的機緣下看到能吸引住她的東西，不管是躲避球也好、門球也罷，抑或是板球，她大概都會拉開嗓門大叫「我要做這個！」吧？或許我應該高興這次舉辦的不是草地橄欖球。因為橄欖球得找比棒球更多的人來玩才行。

總而言之，春日只是覺得無聊罷了。

也不知道春日到底是用了什麼樣的條件進行交涉，只見她抱著一組棒球用具，像一陣旋風似地回來了。一個看起來像人們丟棄小狗時使用的小瓦楞紙箱裡面，裝了九個破破爛爛的手套和到處凹凸不平的金屬球棒，以及幾個髒兮兮的硬式棒球。

「等等。」

我說道，再度看了看傳單上的說明。

「這可是軟式棒球賽耶。妳拿硬式棒球來有什麼用？」

「球就是球，有什麼關係？還不是都一樣？只要用球棒打就會飛起來的，一定沒問題。」

其實我自從小學時在校園裡玩過棒球之後，就再也沒有碰過這玩意兒了。但是我至少知道軟式和硬式的不同點——硬式的球打到人可是很痛的。

「那只要不打到人不就沒事了？」

春日頂著一張「實在搞不懂你在想什麼」的表情，簡單地駁回了我的異議。

我決定不再跟她爭辯。

「那比賽什麼時候舉行？」

「這個星期天。」

「那不就是後天了!?再怎麼說都太趕了吧？」

「可是我已經報名了。啊，你放心，隊伍的名稱我決定用ＳＯＳ團。這我可不會出錯的。」

我全身一陣虛脫。

「……其他的成員，妳打算從哪裡挖來啊？」

「只要逮住四處閒晃的人就可以了呀。」

妳是當真的嗎？而春日會鎖定的人除了一個例外，向來都不是普通人。那個極少數的例外就是我。而我並不打算再認識更多來歷不明的人了。

「我懂了。妳別輕舉妄動，找選手的事情我來負責。首先……」

我想起一年五班那些男生的臉孔。只要我一句話就會乖乖跟來的傢伙……大概就是谷口和國木田了。

聽我這樣提議，春日回答：

「那個可以。」

她用「那個」來形容自己的同班同學。

「有總比沒有好。」

其他傢伙想必在我提到涼宮春日的名字時，就會抱頭鼠竄吧？嗯，剩下兩個去哪裡找呢？

「對不起。」

朝比奈客客氣氣地舉起一隻手說：

「如果我的朋友可以的話……」

「那就那個。」

春日立刻回答。看來人選是誰都無所謂了。妳什麼都不知道或許沒差，可是我倒有點不放心。朝比奈的朋友？什麼時候、去哪裡交的朋友啊？

朝比奈可能是眼尖看到我一臉疑問的神色，便對著我說：

「沒問題的。這個人……是我在班上認識的朋友。」

她刻意不讓我操心。這時古泉也說話了：

「既然如此，我也帶個朋友來吧？事實上，我知道有人對我們的社團相當有興趣……」

他話還沒說完，我就讓他住了嘴。你不用帶什麼狐群狗黨來，反正一定是些怪胎。

「我會想辦法的。」

要是沒有選擇標準的話，我還有其他認識的朋友。春日很得意地點點頭。

「那就先進行特訓，特訓！」

唉，按照話題的推演，最後變成這樣也是可想而知。

「現在開始。」

現在開始？在哪裡？

「操場。」

有膽放馬過來！敞開的窗戶外微微傳來棒球社成員的口號聲。

話又說回來——突然改變話題是有些唐突——但我要告訴大家，事實上聚集在這個教室裡的，除了我以外的四個人，因為各自的理由，其實都不是普通人。對此完全沒有自覺的只有春日一個人，其他的三個人都一廂情願地把自己的真實身分告訴了我，而且還希望我能夠理解。如果把我的常識比喻為地球的話，那麼他們三個就像在冥王星軌道之外繞轉般難以理解。但是上個月底因為經歷親身體驗，我終於知道他們說的話好像是事實。我並不想知道真相，但是自從不知不覺被迫加入春日的團體之後，我這小小願望就幾乎從來沒有實現過了。

如果說得簡單一點，朝比奈和長門還有古泉之所以會存在於這所學校，就是因為有春日的關係。他們好像都對春日抱持著非比尋常的興趣。

在我看來，她只是一個會「Natural High」的高中女生。但是有這種想法的只有我，最近我的這種信念也正開始產生動搖了。

我敢發誓，有問題的並不是我的腦袋。

是整個世界出了問題。

因為上述的種種機緣，現在我跟其他各自超乎常軌的團員們，正站在塵土飛揚的運動場上。

被迫讓出練習場所的棒球社員們，一臉迷惘地看著我們。那還用說？才發覺一隊莫名其妙的團體突然出現，緊接著就看到一個看起來像首領的女學生任水手服飛揚著，並猛力揮舞著球棒，還發出意義不明的尖叫聲。驚愕之餘，本來分配給棒球社練習用的操場空地就被橫遭霸佔，在一頭霧水的當下還被迫負責撿球和餵球，這樣的境遇怎能不讓他們感到迷惘？

再加上我們這個團體全穿著普通制服，當中還混雜著一個護士。

「先來個千棒揮擊！」

果真如春日所做的預告，在投手板附近排成一橫列的我們頓時置身於球雨當中。

「呀！」

朝比奈將手套覆蓋在頭上蹲了下來，我抱著必死的覺悟悍然迎接白球，避免球擊中她的身體。話又說回來，春日打出來的球簡直是帶著殺氣的猛烈攻擊。不管讓她做什麼，她都是這樣全力以赴。

古泉帶著一如往常的微笑，輕而易舉地躲開了球。

「啊，好久沒有這樣玩了，這種感觸真是讓人懷念啊。」

古泉一邊踩著輕盈的步伐躲掉春日的亂打攻擊，一邊對著我露出雪白的牙齒。要是你有多餘的能力，就來保護一下朝比奈行不行！

我望向長門，只見她呆立不動，正面對抗春日。她完全不理會朝著自己飛射而來的球，只

ひ

是定定地站著。連以幾公釐之差掠過她耳際的球，也沒能讓她有絲毫的動搖。她只是偶爾以像搖控機器人般的動作，慢慢地移動戴在左手上的手套，選擇直擊過來的球接住並鬆落。妳好歹也多動一點吧。或者我該誇獎妳動態視力之佳呢？

或許是我不該在意別人的反應，一個不規則彈跳的硬球掠過我的手套，穿過我的跨下，直接命中朝比奈的膝蓋。真是失策。

「哇！」

朝比奈護士發出慘叫聲。

「好痛……」

她開始啜泣起來。我再也看不下去了。

「接下來拜託你們了！」

我交代完古泉和長門，護著朝比奈，來到白線之外。

「喂！你們去哪裡？阿虛！實玖瑠！給我回來！」

「受傷退場！」

我舉手不理會春日的制止，挽著朝比奈的手走向保健室。我相信保健室比滿是灰塵的社團教室或者粗暴的運動場更適合她一身的護士服，這是絕對錯不了的。

一手抵在眼睛上，遮著被淚水濡濕眼睛的朝比奈跟我並肩走在走廊上，此時她似乎才發現緊挨著的人是我。

「啊！」

她發出讓人很想錄音下來的可愛叫聲，跳了開去，以微微泛紅的臉頰抬眼看著我。

「阿虛，不行，要是跟我感情太好……又會……」

又會怎樣？我聳聳肩。

「朝比奈學姊，妳可以回去了。我會去跟春日說，妳腳上的傷要兩天才能完全治好。」

「可是……」

「沒關係，錯的人是春日，朝比奈學姊沒有必要覺得過意不去。」

我搖著手說。朝比奈微微低垂著頭，揚著眼睛看我。淚眼婆娑的模樣使她的魅力倍增。

「謝謝你。」

朝比奈給了我一個讓我差點腳軟的楚楚可憐微笑，無限婉惜似地一再回頭看，然後才離開。春日難道就不能學學這副模樣嗎？我覺得應該也會很不賴的。

我回到運動場時，剛剛的擊球練習還在持續進行著。讓我訝異的是那些棒球社的選手們正在負責守備，古泉和長門則茫然地站在外野。

古泉看到我，露出快活的笑容：

「啊，你回來啦？」

「那傢伙在搞什麼？」

「如你所見啊。看來我們並沒有滿足她想要的反應。從剛剛開始，她就是那副德行了。」

簡直就是廣角打法。春日把每顆球都打到她指定的位置去。

我們三個人無所事事，只能持續觀賞著春日的強力打擊。這個腦筋有問題的女人終於放下了球棒，很滿足似地擦著額頭上的汗水。古泉神情愉快地說道：

「真是太驚人了。果真是棒無虛發啊！」

「還真的認真在數的你，才是驚人。」

「……」

長門默不作聲轉過身去，我也跟著她走。

「喂。」

我對穿著水手服的嬌小女孩側臉提出建議：

「比賽當天能不能讓老天下雨？下一場讓球賽因為天候不佳而取消的大雨。」

「不是不能。」

長門一邊走著，一邊淡淡地說：

「只是我不建議這麼做。」

「為什麼？」

「局部的環境資料竄改，很可能會造成行星生態系統的後遺症。」

「後遺症？多久以後？」

「幾百年到一萬年之間。」

好久遠的未來啊。

「那還是不做為妙。」

「嗯。」

長門將頭點了五公釐左右的弧度，然後踩著她一絲不苟的步伐繼續往前走。

我回頭一看，只見春日穿著制服站在投手板上，開始投球。

兩天後。星期天。剛好上午八點整。

我們在市立體育場集合。緊鄰著田徑場的棒球場有兩座。這是一場為期兩個星期的比賽，一場比賽採五局制。到傍晚為止要選出前四名，準決賽和決賽則將於下星期日舉行。只有我們這支隊伍穿著學校運動服，其他的參賽者幾乎都穿著正規的棒球制服。其實與主題無關，但是我仍然要提一下，這是我第一次看到長門穿上制服以外的衣服。

事後我聽說，這個草地棒球大賽具有相當久遠的歷史（第九屆），好像是相當正式的錦標賽。既然如此，真希望主辦單位在春日去報名時就拒絕她。

順便說一下，我打了電話給谷口和國木田，兩人二話不說就痛快允諾。谷口的目標在朝比奈和長門，而國木則說「聽起來挺好玩的」，就決定參加了。真慶幸他們都是單純的傢伙。

朝比奈帶來助陣的人是二年級一個姓鶴屋的學姊，她留了一頭和以前的春日差不多長的長髮，是個精力充沛的女生，一看到我就說：

「你就是阿虛？我常聽實玖瑠提起你。嗯～唔～」

不知道為什麼，這番話讓朝比奈顯得非常慌張。她到底是怎麼說我的啊？

這時候，我所帶來的第四名選手正跟春日正面對壘。

「阿虛，你過來一下。」

春日以她強大無比的臂力，將我帶到大會本部的帳蓬旁邊去。

「你在想什麼？看她那個樣子，你竟然想讓她打棒球？」

什麼叫那個樣子？太失禮了吧？雖然是「那個樣子」，畢竟是我老妹耶。

「她還自我介紹，現在念小學五年級，今年十歲。真是老實得不像你的手足。不對，重點不在這裡，如果是參加少棒倒還好，我們參加的可是一般年齡層的比賽耶！」

我可不是不經思考就糊里糊塗把妹妹帶來的。這是我深謀遠慮得出的結論。我是這樣想的——事實上，難得的星期假日一大早就要起床運動並非我的本意。事情會發展到今天這樣，實在是不可抗拒的因素使然。既然如此，至少讓這段我一點興趣都沒有的時間能夠盡快結束，就是我理所當然的心理機制了，重點是只要能三兩下就輸球讓大家回家就好了。就算沒有把老妹拉進來，以這樣的組織成員而言，一定第一場比賽就會吃敗仗的。因為率領這支隊伍的人不是別人，正是涼宮春日。要是一不小心打贏了對方，將會引發一連串的麻煩。我必須要投入一些能夠確實讓隊伍敗北的因素才行。只要把一個完全外行的小學女生帶進來，鐵定穩輸的。能贏才怪。

這些心思當然不能對春日說，可是我至少有一般水準的腦袋。

「哼，算了。」

春日不屑地哼著鼻子，把臉轉向一邊。

「就算是一場讓分賽好了。贏太多也不好意思。」

看來她無論如何是一定要贏了。不知道她想怎麼個贏法？

「對了，打擊順序和守備位置也都還沒有決定，妳有什麼打算？」

「我已經想過了。」

春日臉上露出堪稱得意的表情，從校服的口袋裡拿出紙來。今天才知道有什麼樣的成員，真不知道她又是以什麼標準來決定人選的。

「我這樣決定，大家應該不會有意見吧？」

紙上畫著八條線。一共有兩張。在我看來像是做了一半的抓大頭，是我的錯覺嗎？

「你鬼扯什麼？這當然就是抓大頭呀。分為打擊順序和守備位置兩種。另外，由我負責投球，還有擔任第一棒打擊。」

「……妳想到的只有決定這些順序的方法嗎？」

「你那是什麼表情？有什麼不滿的嗎？我是採民主方式啊！古希臘可是用抓大頭的方式來選政治家的耶！」

別把古希臘的政治制度，和現代日本的草地棒球打擊順序混為一談。而且妳只是按照妳個人的喜好來決定的，不是嗎？這哪裡民主了？

……算了。看來這樣反而能夠更早一點吃敗仗。根據剛剛聽到的規則，只要兩隊之間的得分相差十分就提早結束比賽。我現在應該可以去打包準備回家了，因為我們第一戰的對手，是到去年為止連續三年防禦率冠軍的優勝隊伍。

上上原海盜。這是附近某所大學的棒球社團。從某方面來說，是一個屬於硬派作風的社團。他們非常認真，所有成員都是為了贏球而來。從他們賽前的簡單練習就可以窺見一二。他們精力充沛地發出震天價響的叫聲，連投球回本壘的互動或雙殺的模式都讓人讚嘆不已。這是一支正規的隊伍。站在旁觀者的角度來看，他們是非常出色的選手。我心想，我們會不會來錯地方了？那一瞬間我幾乎想環視一下四周，確認這裡是不是棒球大賽的舉辦場地——市立運動場。

雖然覺得輸也不是什麼壞事，可是我現在卻漸漸地想逃離這場慘劇了。我們的隊伍實在蹩腳到讓我想跟對方賠不是。

我正想擬定一套敵前逃亡的策略，這時春日讓大家排成一列。

「我要傳授大家作戰的方法。大家要照我的吩咐行事。」

她的語氣像極了球隊的教練。

「聽好，首先無論如何都要上壘。一旦上壘，在投手投第三球之前就要盜壘。如果是好球，打擊者就要揮棒，壞球就別管它。很簡單吧？按照我的預估，我們一局至少也要拿下三分。」

按春日那樣的腦袋來計算大概是這樣，可是這種自信是根據什麼而來的啊？當然是沒有任何根據。將沒有根據的自信具體呈現，就是這個傢伙的寫照。可是，一般人不是把這種傢伙稱為「笨蛋」嗎？而且這傢伙還不是普通級的笨蛋。她是君臨笨蛋世界的食物鏈頂端的笨蛋女王。

在此報告一下由抓大頭之神所決定的「ＳＯＳ團隊」第一號成員吧。

第一棒、投手：涼宮春日。第二棒、右外野手：朝比奈實玖瑠。第三棒、中堅手：長門有希。第四棒、二壘手：我。第五棒、左外野手：老妹。第六棒、捕手：古泉一樹、第七棒、一壘手：國木田。第八棒、三壘手：鶴屋學姊。第九棒、游擊手：谷口。

以上就是我們隊伍的陣容。沒有候補選手，也沒有經理，更沒有啦啦隊。

列隊相互敬禮之後，春日立刻走上打擊區。完全忘了有所謂頭盔的存在的我們，跟營運委員會借來了二手的白色頭盔。要說真正屬於我們自己的東西，那大概只有春日帶來的九人份的黃色擴音器了。

春日用手指頭將帽緣往上一托，拿起從棒球社那邊掠奪而來的金屬棒，露出無畏的笑容。

主審發出Play Ball的信號，對陣隊伍的投手擺出準備投球前的繞臂動作。第一球。

鏘！

響起一記悅耳的金屬聲，白球遠遠地飛了出去。球越過快速後退的中堅手的頭頂，一個彈跳後直接撞擊在圍牆上。當球送回內野時，春日已經跑上二壘了。

我並不特別感到驚訝。這種事對春日而言並沒什麼了不起的。朝比奈和古泉看起來也有同感，至於長門，我想她大概沒有所謂驚訝這種感情。但是，除了我們四個人之外的成員都露出驚愕的表情，定定地望著不斷高舉兩手、擺出勝利姿勢的春日。對方選手更是驚駭不已。

「投手一點都沒什麼了不起！跟著我的腳步！」

春日氣勢洶洶地大叫。可是，她這種作法完全是反效果。因為這麼一來，對方選手對女生手下留情的心情早就消失得無影無蹤了。

第二棒的朝比奈戴上寬大的頭盔，戰戰兢兢地站上打擊區。

「請、請多指教——啊！」

話還沒說完，一個進壘角度略高的直球就送過來了。這些不知天高地厚的傢伙。要是你們膽敢三振朝比奈的話，後果可是要自行負責的，一陣亂鬥恐怕在所難免。

朝比奈彷彿化身為地藏菩薩，眼睜睜看著接下來投過來的兩球飛過。當她聽到主審宣告出局時，彷彿鬆了一口氣似地回到長板凳上來。

「喂！妳為什麼不揮棒啊!?」

就別管春日嚷嚷什麼了。朝比奈平安無事比什麼都重要。

「…………」

第三棒是長門。她將金屬球棒的前端拖在地上，默默地走向打擊區。

「…………」

她沒理會所有投過來的球，很快地就被三振，又默默地走回來，然後將頭盔和球棒交給下一個打擊者──我。

「…………」

她默默地坐到長板凳上，又變回本來的那個裝飾娃娃。

春日的怒罵聲真是吵死人了。唉，對朝比奈和長門有所期待是妳的錯。

「阿虛！你一定要揮棒！你可是四棒的強棒耶！」

我實在很希望，妳別對於靠抓大頭決定的第四棒有任何期待。

我仿效長門，默默地站上打擊區。

第一球我沒揮棒，是個好球。真是嚇死人了，速度好快。球劃破空氣，發出咻咻咻的聲音。我不知道球速有幾公里，不過我想眨眼即逝就是形容這種速度吧。事實上，當我感覺投手投出球的那一剎那，球就已經進入捕手的手套裡了。春日就是將這種球打出長距離安打的嗎？

第二球。我姑且試著揮了棒。金屬棒在半空中揮了個空，連一點球皮都沒削到，球棒好像也不想擦到球。

第三球。哇！球轉彎了。這就是所謂的曲球嗎？如果我不理它，就會變成外角壞球，但是我揮了棒，於是就結束了。連續三個三振出局。雙方轉換攻防。

「笨蛋！」

當對方的守備選手回休息區的那段期間，春日在左中外野一邊甩著手一邊怒吼著。顏面盡失啊。

說得明確一點，我們的守備漏洞比熱帶大草原地帶的蟻窩還要多。

尤其外野更是離譜。負責守右外野的朝比奈和守左外野的老妹，接不到球是完全正常的，從比賽前的守備練習就可以看出端倪了。所以，當球飛向右外野時，就由負責守二壘的我來接；飛向左外野時，負責守游擊區的谷口就得賣命狂奔，跑到球落地的地方去撿。朝比奈一看到球朝著自己飛過來，就將手套擋在頭頂上蹲了下來，就別指望她有什麼守備了。至於老妹，雖然喜孜孜地跑著去追球，但是球往往落在距離她三公尺處，所以也發揮不了什麼作用。

中堅手長門接球堪稱完美，但是她只對飛到自己守備範圍的球有反應，而且動作慢得不能再慢，當直球從她身邊穿過，就鐵定是二壘打了。

……乾脆就快快輸球回家吧！這樣也好。

「放馬過來！喝！」

只有春日一個人興致勃勃地進入守備區。負責接球的捕手古泉身上所配戴的護胸、護腿和棒球手套，當然也都是借來的。

對手的第一棒打者向主審行了一個禮，走進打擊區。
春日以上肩式投法投出第一球。
好球。
角度、速度、控球都無可挑剔的大好球。球完全進入正中央的好球帶，是一個讓打擊者的球棒動都沒能動一下、充滿魄力的真正好球。
當然，包括我在內的ＳＯＳ團的成員都不覺得驚訝。要是這傢伙突然被指定參加日本足球代表隊，我想我們也不會大驚小怪吧？春日這個人不管會做什麼，都不是不可思議的事。
可是對於對方的第一棒打擊者來說，可就沒這麼簡單了，連續兩球他都茫茫然地沒揮棒，第三棒才終於有了動作，卻慘遭三振出局。那似乎是顆在進好球帶時起了微妙扭曲的變化球，就跟春日的個性一樣，讓人不敢恭維。
第二棒打者聽從未擊出安打就退場的第一棒打者的建議，擺出短打的姿勢。但是連續兩球都打出界外，第三球又揮棒落空，結果照樣被三振。
眼見情況如此變化，我也開始感到不安了。雙方總不會以這種調調拖到最後一局吧？不過，不愧是負責掃壘的打擊者，第三棒打者直接擊中了春日使盡全身力氣投出來的直球。總是

直接投進好球帶的球，久了總該打得中吧？

球飛越過呆立在原地、一動也不動的長門遠遠的頭頂上方，消失於場外。

春日帶著彷彿被伊阿宋（註：希臘之神）背叛的美狄亞公主（註：科爾喀斯國王之女，以巫術著稱，曾幫助伊阿宋取得金羊毛）般的眼神，看著在內野跑了一圈的對方第三棒打者。

總之，我們因此落後了一分。

第四棒打擊者接著打出了二壘安打；第五棒因為國木田的一個失誤，造成對方分別站上一、三壘；第六棒則擊了一個落在右外野的邊線安打，送上了第二分；第七棒打出去的三壘方向的飛球，被鶴屋學姊輕快地撿了起來，以飛箭般的速度回傳，將打擊者給ＯＵＴ。這一局終於結束了。

第一局結束，雙方２－０。沒想到我們竟然是如此地驍勇善戰。雖然如此善戰只會讓我傷腦筋。就趕快讓他們攻下十分，大家早早打包回家吧！

第二局，我們這邊從第五棒到第七棒的老妹、古泉、國木田都很順利地被ＫＯ了，還來不及喘口氣，就又輪到二局下半的守備。

對方似乎看穿了我們ＳＯＳ團的弱點在外野。很明顯地，他們的打擊者都只鎖定以高揮棒來打擊。每一次我跟谷口都拚命往外野飛奔，試著去接球，但是成功率只有10％左右，而且累得我們死去活來。唉，為了拯救朝比奈的困境，這樣的奔波實在不算什麼。因為嚇得不知所措的朝比奈，在這種情況下還是一樣可愛。

就這樣，這一局我們被拿下了五分。7—0。再三分就夠了。下一局應該就可以結束賽事了吧？

第三局上半。我方攻擊。

將一頭長髮綁在後面的鶴屋學姊一直擊出界外球。她看起來是個運動神經很好的人，不過最後還是打了一個捕手後方的高飛球，她一邊用球棒敲打著頭盔，一邊說：

「真是難耶！光要打到球就不容易了。」

春日見狀皺起眉頭，好像在思索著什麼事情，不過這傢伙想的絕對不會是什麼好事。

「嗯，看來果然還是需要那個……」

春日噘著嘴，慢慢地走向主審說道：

「暫停！」

然後一把抓住手裡拿著擴音器、中規中矩坐著的朝比奈的脖子。

「啊！」

春日拖著嬌小的運動衣身影，消失在板凳後方。她和朝比奈一起拿著一個大型的運動包，不消多時，我就知道那裡面裝了什麼東西了。

「等等……涼宮同學！不要……」

因為除了斷斷續續聽到朝比奈可愛的尖叫聲，同時也聽到春日那粗暴的聲音隨著風勢傳了過來。

「喏，趕快脫掉！換上衣服！」

又是這個模式嗎？

結果，再度出場的朝比奈被迫穿著再適合這個場合不過的衣服。那是一件以鮮豔的藍和白為主的雙色無袖上衣，再配上迷你百褶裙，兩手上還拿著黃色的彩球。

好個完美無瑕的啦啦隊員。這套衣服是打哪兒弄來的啊？真是個謎。

「真是好看啊。」

國木田發表著悠哉的感想。

「實玖瑠，我可以幫妳拍幾張照片嗎？」

鶴屋學姊一邊咯咯地笑著，一邊拿出數位相機。

順便告訴各位，春日也穿著同樣的衣服。其實她自己穿就好了嘛……我並沒有這樣想。老實說，因為啦啦隊服穿在朝比奈身上實在太可愛了。雖然她穿什麼都一樣可愛。

「綁馬尾會不會比較好一點？」

春日一邊撫摸著朝比奈的頭髮，一邊企圖將頭髮整個挽到後腦勺。發現我投注過去的視線之後，她把嘴巴嘟得像鴨子一樣尖，放棄弄頭髮了。

「哪，好好加油吧！」

「啊？要要要怎麼做？」

「就這麼做。」

春日繞到朝比奈的背後，抓起她纖弱而白皙的手臂，開始上下擺動。真是不可思議的舞蹈啊。春日在朝比奈耳邊大聲地喊著「叫啊！叫出來！」之類的命令。

「啊——各位，請揮出安打！求求你們——加油！」

朝比奈被迫以做作的聲音叫喊著。至少谷口看起來是受到了激勵，他不斷奮力揮著球棒，等著上場打球。但是我覺得他再怎麼使勁，也打不到對方投手的球。

果然，谷口三兩下就垂頭喪氣地回到板凳區來。

「唉呀，真是難打呀。」

就這樣，打擊順序輪了一回，春日再度站上打擊區。

就穿著那一身的啦啦隊服。

以前春日和朝比奈以免女郎的裝扮站在一起時也挺刺激大家眼睛的，而現在她們的這種打扮同樣難分軒輊。

現在對方選手都不知道該看哪裡才好。朝比奈在各方面都是無懈可擊，而春日除了性格之外，也幾乎挑不出任何毛病——不管是長相或者身材。

春日沒有放過對方投手突然失控所投出的失誤好球。又是一個穿越中間地帶的二壘安打。在對方的傳球一陣混亂之際，她攻上了三壘。被春日滑上壘的三壘手的視線方向相當可疑。

接下來的打擊者，是具有超越春日魅力的啦啦隊美少女。朝比奈戰戰兢兢地拿著球棒。在幾個男生（包括我在內）的注視下，她顯得極度羞愧，臉上微微泛著紅暈。真讚。

對方投手已經只能投出軟綿綿的球路了，但是，朝比奈依然沒有揮棒。對方明明都刻意投來最好打的拋物線球了。

「嘿！」

她揮棒時是閉著眼睛的，所以本來應該可以打到的球，大概連邊都碰不到吧？

就這樣，朝比奈又被逼到兩好球的境地。這時候，春日在三壘上開始舞動著兩手。她在搞什麼？

「好像是在打暗號。」

古泉不疾不徐地解說道。

「我們有溝通過什麼暗號嗎？」

「沒有。不過按照這個情況看來，我大致可以想像涼宮同學可能會選擇暗號攻勢。我想她大概想採搶分戰術吧？」

「兩出局之後搶分的暗號嗎？她的指揮能力可真比那些永垂不朽的教練還要高明呢。」

「據我推測，她可能認為朝比奈打出安打的可能性幾近於零，所以來個出其不意的搶分戰術，或許會造成對方內野手的失誤；或者如果朝比奈想辦法打到球的話，應該還有搞頭吧？」

「只不過完全被識破了。」

所有的內野手都趨前就守備位置，擺出了蓄勢待發的態勢。春日的動作是不是有問題啊？怎麼看都像是示意打觸擊球。

結果搶分戰術無疾而終。朝比奈好像根本不懂什麼叫搶分戰術，對春日打出來的暗號也只會狐疑地歪著頭不停地說「咦？」，於是就這樣被三振出局了。

朝比奈彷彿一隻自知惹火飼主的小狗一樣，垂頭喪氣地回到休息區，這時春日叫住了她：

「實玖瑠，妳過來一下，咬緊妳的牙關。」
「啊……」
春日用兩手抓住朝比奈不停顫抖的臉頰，用力一拉。
「這是懲罰，懲罰！我要讓大家看看妳這張可笑的臉孔。」
「啊……啊……」
「妳白痴啊？」
我用擴音器往春日的頭上一敲。
「是打出莫名其妙暗號的妳不對。妳自己去盜回本壘吧，笨蛋！」
就在這時候。
嗶嗶嗶！古泉從運動服的口袋裡拿出手機，看著液晶螢幕，揚起一邊的眉毛。
朝比奈一臉驚訝，用手壓著左耳，眼神望著遠方。
長門筆直地抬頭看著正上方。

當大家各自走向守備位置時，古泉把我叫住了。

「大事不妙了。」

我並不想聽，不過你就姑且說說看吧。

「閉鎖空間開始發生了。可能是前所未有的規模。目前正以迅雷不及掩耳的速度擴大開來。」

閉鎖空間。

已經再熟悉不過的灰色世界。我哪忘得了？因為拜曾被封閉在那個陰暗空間之賜，我一輩子都必須背負著心靈的創傷。

古泉仍然帶著微笑。

「事情就是這樣。閉鎖空間是因為涼宮同學無意識中產生的壓力而產生的。現在涼宮同學非常地不悅，所以才會形成閉鎖空間。除非她的心情好轉，否則閉鎖空間會持續擴大，你再清楚不過的『神人』也會持續暴動。」

「……也就是說，春日因為輸球這個理由在鬧彆扭嗎？她不爽到足以製造出那個白痴空間？」

「好像是這樣。」

「那傢伙是不懂事的小鬼喔！」

古泉沒有發表任何言論，只是淡淡地笑著。我嘆了一口氣。

「真是一團亂。」

古泉看著我說：

「現在再說這些有什麼意義？而且你的語氣好像事不關己似的。這場嚴重的事件，跟你可有很大的關係耶。在決定打擊順序時，我們不是抓了大頭嗎？」

「確實是靠抓大頭來決定的，那又怎樣？」

「結果你排第四棒打擊。」

「我一點都不覺得高興。」

「你高不高興，或者有沒有感受到壓力，對涼宮同學而言都無所謂。重點是，你抽到四號是不爭的事實。」

「請你用我能理解的方式解說。」

「很簡單。因為涼宮同學這樣希望，所以你成了四號打擊者。這不是出於偶然的。她希望你能發揮四棒打擊者的功能，而現在她對你完全不像四棒打擊者該有的表現感到失望。」

「真是抱歉了。」

「嗯，我也很困擾。再這樣下去，涼宮同學的心情會一直惡化，而閉鎖空間也會持續擴大。」

「……那我該怎麼辦？」

「好好打球。可能的話用長打，最好是全壘打，而且是特大號的全壘打。來個高飛長打，直接打到球場後方的計分板如何？」

「別胡說八道了，我只在玩電動時打過全壘打。我怎麼打得到那種曲球啦？」

「我們同心懇切，希望你能想辦法達成。」

再怎麼期盼，我既不是神也不是精靈，我哪有什麼辦法？

「就盡全力別讓對方在這一局提前結束比賽（註：一定局數以後，差分超過十分時，比賽將提前結束）吧！如果比賽就此結束的話，就意味著世界也將結束了。無論如何，失分都要控制在兩分以下。」

古泉帶著與充滿危機感的說話內容完全不搭調的表情說道。

第三局下半。春日就穿著那身衣服登上投手板。朝比奈當然也穿著啦啦隊服站在右外野。

春日毫不遮掩地裸露出她的手腳，也不管壘上有沒有跑者，一律採用上肩式投法。

第一個打者打出去的直球剛好落在長門前面，被她當場接殺；可是第二個打者打出來的大高飛球她卻連看都不看，當球在左外野跟中外野滾動之際，跑者已經奔上三壘了。氣勢凌人的春日投出的球依然十分具有威力，但是老是投直球鐵定會被打到的。不愧是準優勝隊伍。之後連續兩支安打和國木田的一個內野選擇球，使對方一口氣又攻下兩分，狀況已經到了最緊迫的關頭。況且一、二壘上都有跑者。只要再一分，比賽就要強制結束，到時候世界會變成什麼樣子就不得而知了。

鏘！白球高高飛起，朝右外野的方向飛去。朝比奈站在球落下的可能地點，一臉的茫然畏縮。沒有時間多考慮了。我使盡全力做不知道已經是第幾次的衝刺，跑向右翼。一定要趕上啊！

我一躍而起，然後接住了球。球勉強進了手套的前端。

「啊！」

然後我再全力將球投給到二壘補位的谷口，兩個以為這鐵定是一記長距離安打的跑者，沒有等到球落地就已經跑到下一壘了。補位的谷口踩住壘包，ＯＵＴ！雙殺！

總算保住腦袋了。啊，好累人。

「Nice Play！」

我接受朝比奈讚賞的眼光，而谷口、國木田、老妹還有鶴屋學姊都用手套敲著我的頭。我一邊對他們比出勝利的手勢，一邊窺探春日的反應，只見她面有難色，盯著計分板（其實也只是一個移動式的白板）看。

我坐到板凳上，拿毛巾蓋住臉部，這時古泉來到我旁邊。

「繼續剛剛的話題。」

我實在不想聽。

「其實是可以對症下藥的。之前你跟涼宮同學一起前往那邊的世界時，是怎麼回來的？」

就跟你說，別再讓我想起那件事了。

「用當時那個方法的話，或許可以讓事情改觀。」

「我拒絕。」

喀喀喀。古泉的喉頭嗚響著。這笑聲可真惹惱我了。

「我就知道你會這麼說。那麼這樣吧？重點在於只要能打贏球賽就好了。我想到好方法了，應該行得通，因為跟她的利害是一致的。」

微微笑著的古泉朝著茫然站在白色圓圈當中的長門走去，在那只有短短的頭髮堪稱有些許動靜的長門的耳邊嘟噥著什麼。突然間，長門回過頭來，帶著沒有任何感情的眼神凝視著我。

那表示同意嗎？她的頭好像支撐住頭部的釣絲斷掉的人偶一樣上下擺動，然後大步走向打擊區。

我倏地往左邊看去，發現朝比奈正凝視著長門。

「長門同學……終於……」

她帶著有點泛青的臉色，說出讓我掛心的話。

「她做了什麼？」

「長門同學好像在唸咒語。」

「咒語？那是什麼東東？」

「嗯……這是禁止討論的事項。」

對不起。朝比奈說著低下了頭。沒關係，既然是禁止事項，那也沒辦法嘛。唉，看來那種非現實的事情又要開始發生了。

關於長門的咒語，我也曾經親身體驗過。

非常炎熱的五月的傍晚。要不是長門於某天闖入了教室，現在我一定已經在墳墓底下睡懶覺了。當時長門也是一邊快速地唸著咒語似的東西，一邊擊退了企圖殺害我的襲擊者。對了，當時長門還戴著眼鏡呢。

這一次她到底想做什麼啊？

我立刻就明白了。

棒子一閃，全壘打。

長門那看起來有氣無力隨便一揮的棒子，打中投手投過來的猛速球的正中心，球高高地在高空中飛舞著，最後消失於外野圍牆的後面。

我把視線望向同伴們。古泉優雅地面帶微笑，對我點頭示意；朝比奈表情有點僵硬，但是並沒有感到驚訝；老妹和鶴屋學姊則毫無心機地感嘆著：「好厲害啊——」

但是其他的人則都張大了嘴巴，陷入愕然的狀態。對方的選手當然也一樣。

一邊輕盈地跳躍、一邊跑到本壘包附近的春日，用力地敲打著面無表情跑完一圈的長門的頭盔。

「真厲害耶！妳哪裡來那麼大的力氣啊？」

春日興奮地拉扯、扭轉著長門細瘦的手臂。長門仍然面無表情，任春日為所欲為。

過了一會兒走到板凳來的長門，把球棒交給了我。

「那個。」

她指著用舊了的金屬棒說：

「加速變更屬性資料。」

「那是什麼東東？」我問道。長門定定地看了我一會兒。

「自動導航模式。」

她只簡短地說了這麼一句，便大步走回板凳區，坐在角落裡，從腳邊拿起一本厚重的書來，開始目不轉睛地看著。

現在是9—1，第四局上半。看來這可能會是最後一局。

對方投手臉上的表情似乎還沒有跳脫衝擊，不過仍然對著我投出夠快的球。

我現在終於了解長門那些話的意思。

「哇！」

球棒自己動了。我的手臂和肩膀連帶地被拖著移動。鏘！

我本來以為自己只是擦到球而已，沒想到球彷彿乘著風似地輕飄飄飛遠，越過了圍牆，越過了草坪，飛到了第二球場去了。全壘打。我張大了嘴巴。

自動導航模式可真有兩把刷子啊……

我將可能擁有自動追蹤能力和飛行距離倍增機能的球棒甩出去，開始快步奔跑。

當我繞過二壘壘包，抬起頭來看向休息區時，目光正和在板凳上高舉兩手的春日相對，她馬上把頭轉過一邊。妳總該跟我老妹或鶴屋學姊一樣盡情歡呼吧！我看到谷口和國木田又是一臉愕然，朝比奈和古泉則是默默無語，對方的選手們更是個個瞠目以對。

我覺得很抱歉，但是對方選手的愕然表情仍然持續著。

我的老妹搖搖晃晃地走向打擊區。因為頭盔太大了，將她一半以上的臉都蓋住，也難怪她走起路來重心不穩。我別有盤算而準備的這個敗戰用秘密武器，將對方投手投過來的第一顆球用力一揮，球越過柵欄彈了出去。也就是說，她也打出了一記全壘打。

再怎麼樣胡說八道、胡作非為也都有個限度。一個小學五年級的小女生，竟然可以把大學生所投出、時速高達130公里（據我推斷）的球打飛過最高的圍牆，這是現實生活中不可能發生的事情。

「好厲害！」

春日對於這樣的現實完全沒有一絲懷疑。她一邊抓著跑回本壘的老妹亂舞，一邊露出滿臉欣喜。

「好厲害的才能啊！將來一定很有發展性！妳可望進入大聯盟哦！」

老妹一邊任春日抓著亂轉，一邊呀呀呀地高興尖叫著。

怎麼說呢……唔，現在比數是9—3。

我坐在板凳上，雙手抱頭。

全壘打攻勢依然持續進行中。目前的分數是9—7。一局之內連續打出七支全壘打，我想這大概會創下大會史上的全壘打紀錄吧？

打了一記大飛球跑回本壘的谷口說：

「我決定進棒球社了。我有這種球感的話，進甲子園也不是夢想了。我甚至覺得，是球棒自己跑去撞球的呢！」

一旁的國木田也天真地說：

「對啊，真的呢！」

他們說得興高采烈，而鶴屋學姊也一邊拍著莫名地顯得緊張不已的朝比奈的肩膀、一邊哈哈大笑，還好這幾個人都是徹頭徹尾的單純傢伙。

「現在可要正面一決勝負了！」

春日舉起球棒說道。這本來不是應該投手說的話嗎？

已經聽膩的「鏘」的金屬聲仍然不停傳進耳裡，球撞擊在外野後方的計分板上彈了回來。

現在是9—8。到這個時候為止，對方已經換了三個投手了。我相信他們並不想得到我的同情，不過我決定在心裡為他們默哀。真是可憐。

打擊順序繞了一輪，朝比奈、長門、我連續打出全壘打，最後終於將分數逆轉為9—11。

十一支連續全壘打。我開始想著，不想點辦法停止不行了。因為我覺得對方選手的視線不在我們這些選手身上，反倒全都集中在這支球棒上了。他們會不會誤以為這是什麼魔法球棒啊？雖然他們會這麼想也是很正常的。

我在將球棒交給下一個打擊者——老妹之前，把坐在板凳一角看著書的長門帶到外頭來。

「夠了。」

我說道。長門那沒有表情的漆黑眼珠很難得地連續眨了幾次，平常她總是每十秒才眨一次的。

「是嗎？」

她這樣回答，然後將纖細的手指頭抵在我拿著的球棒的尾端，口中快速地唸唸有詞。我聽不出是什麼東東，不過就算我聽清楚了，也不可能了解其中的意思。

快速地抽離手指頭的長門沒有再說什麼，只是默默地回到她板凳上的位置，又攤開書來開始看著。

唉！

輪到老妹、古泉、國木田打擊時，剛剛的攻擊態勢彷彿不曾存在過似地，球棒完全陷入沉默，三個人連續被三振。事實上，這一切都是用科技作弊的緣故。

我忘了告訴大家，事實上這個比賽是有時間限制的，一場賽事最多只能打九十分鐘。如果想要在一天當中結束預定的比賽，這種規定倒也無可厚非，這是主辦單位方面的考量。於是，比賽就沒有下一局了。如果能讓比賽在第四局下半結束，我方就獲勝了。

打贏球好嗎？

「非贏不可的啊。」古泉說：「據我同伴的聯絡，拜此之賜，閉鎖空間似乎有停止擴大的傾向。雖然停止了，但是『神人』還是那個樣子，所以我們還是得想辦法處理才行。不過封閉空間沒有持續擴張，對我們而言當然是好消息。」

但是，如果此時被對方逆轉的話，那就會遭到再見滑鐵盧了。我可沒有勤勞到去運用無謂的想像力，猜測春日的心情最後會變成什麼樣子。

「所以，我有個建議。」

古泉露出白得真讓我想推薦他去拍牙刷廣告的牙齒，在我耳邊低聲說出他的建議。

「你當真？」

「非常當真。想要在這半局將失分控制到最低，就只有這個方法了。」

我要再度說一聲——唉！

我方向主審提出變更守備位置的要求。

由長門代替古泉擔任捕手，古泉調到中外野去，而我則和春日對調，站到投手板上。

當古泉要春日讓出投手位置時，一開始她還鬧著彆扭，但是一聽到替補者是我時，臉上便露出複雜的表情。

「……唔，好吧。但是要是你被打中了，就要請大家吃午飯！」

她一邊說著，一邊退到二壘守備位置去。

長門只是站在那邊發呆，於是我跟古泉只好幫她戴上護罩和護膝。讓這種沒有感情波動的人擔任捕手適當嗎？

長門大步走到本壘板後頭，坐了下來。

於是，比賽重新開始。因為沒有時間，連我練投的時間都被省略了。看來我得面臨突如其來落到我頭上來的人生首次投手經驗。

就姑且先投投看吧。

砰！

費盡力氣投出去的、沒有任何殺傷力的球，落入了長門的手套裡。壞球。

「給我認真投！」

鬼叫鬼叫的人是春日。我可是一向都很認真的。這一次試試用側投的方式吧。

第二球。真希望打者能夠多少被我騙到一下，但是並沒有用。球棒猛然襲向我那癱軟無力的直球。完了。我竟然投出了和打擊投手差不多的好球……

呼。

「好球！」

主審高聲宣判。打擊者揮棒落空，當然會變成好球吧？但是打擊者帶著一臉難以置信的表情，看著長門的手。

我了解他的心情。那是一定的。我那軟弱無力的球在被球棒撞擊之前，突然改變軌道，下降了三十公分左右，說出來任誰都不會相信的。

「……」

坐在地上的長門只輕輕動了動手腕，便將球送回來。我接下飛過來的軟弱無力的球，擺好投球的態勢。

不論我投多少次，都只能投出半直球來。第三球則是無與倫比的大暴投——本來是這樣的，但是球卻在飛了幾公尺後修正路線，很明顯地無視於慣性、重力以及航空力學的存在轉彎了，甚至還加速一口氣衝進捕手手套。砰！發出悅耳的聲音，長門嬌小的身軀微微晃了晃。

打擊者瞪大了眼睛，主審也好一會兒說不出話來。過了一會兒，才好像很沒自信似地大叫：

「兩好球！」

事情實在太麻煩了，趕快收場了事吧！

我已經開始偷懶，隨便亂投了。既沒瞄準也沒用力。然而，如果打擊者沒揮棒，我所投出的球就一定會變成好球；如果對方揮棒，則會連球皮都沒削到一點，變成揮棒落空。

秘密就在於每當我投球就口中唸唸有詞的長門。由於這個秘密太過重大，連我都不知道其中的機制為何。或許就如同她之前救了我的命，或者讓教室重現、在球棒上動手腳一樣，變更某種資料所致吧？

拜此之賜，我幾乎就像朝著電風扇投球一樣。今天的ＭＶＰ鐵定是長門有希。

頃刻之間就兩出局，最後一個打者也被逼到兩好球的局面。我這麼輕易地扮演好剎車的角色恰當嗎？對不起，上上原海盜隊。

我既沒有使出渾身力道，也沒有做什麼特別的考量，對著臉色鐵青的最後一棒打擊者投出球去。

修正軌道，朝著好球帶飛去。打者使勁揮棒。再修正軌道成外角低球。球棒空揮了一圈，在空中留下殘影，三振出局。呼，終於結束了……才怪。

「！」

球不斷滾向捕手背後的擋球網。可能是投得太順了，球轉彎後不聽使喚。掠過長門的手套，一個跳躍之後，像指叉球般掉落的神秘魔球（我擅自命的名）在本壘板的角落一個彈跳，朝著不可能的方向滾去。

不死三振。

打擊者掌握這最後的機會，往前狂奔而出。可是長門卻拿著手套，一動也不動地固定在原地，只是罩著防護面具悶坐。

「長門！去撿球封殺呀！」

長門面無表情地抬眼看著下指令的我，慢慢地站起來，追向滾出去的球。不死三振的打者踩上一壘，企圖攻向二壘。

「快一點！」

春日站在二壘拚命地揮著手套。

好不容易追上球的長門，彷彿觀察海龜蛋似地定定地看著撿起來的軟式棒球，然後又看向我。

「二壘！」

我指著我的正後方。春日就站在那邊大聲吆喝著。長門以釐米為單位，「微微」地對我點點頭——

咻！一道白色的雷射光掠過我的側頭部，帶走了我幾根頭髮。我是在看到手套從春日的手腕上飛脫，球則嵌在手套裡直飛向中外野之後，才發現到那是長門只稍微動了動手腕丟出去的球。

看到剛剛還戴在自己手上的手套不翼而飛，春日不禁瞪大了眼睛。至於那個跑者，可能是因為太過驚駭，在二壘之前摔了個四腳朝天。

守中外野的古泉撿起手套，拿出球，帶著對誰都一樣的微笑表情走過來，拿球去觸殺仰躺在地上的跑者，同時開口道歉：

「非常抱歉。我們一群人稍微有點超乎常理。」

別把我概括在那種非常理的行列當中。我一邊這樣想著，一邊深深地嘆了一口氣。

比賽結束。

上上原海盜隊的選手們落下了男兒淚。我不是很清楚狀況，不過他們可能是擔心事後會遭到大學的ＯＢ（註：因畢業而離開球隊的學長選手）們責罵吧？或者是輸給了混有小學女生在內、以女孩子居多的外行高中生隊伍，讓他們感到憾恨不已？也或者兩者皆是？

另一方面，完全沒有考慮到戰敗者的哀愁情緒的春日，看起來是那麼地興奮激動。她頂著和想到成立ＳＯＳ團那一天一樣的笑臉說：

「我們就這樣繼續贏下去，然後進軍夏天的甲子園！稱霸全國不再是夢想了！」

她很認真地這樣吶喊著。跟著她歡欣鼓舞的只有谷口。我不想再淌渾水，想必高中棒球聯盟也有同感吧？

「辛苦了。」

古泉不知何時來到我身邊。

「話又說回來，以後怎麼辦？繼續打第二場賽嗎？」

我搖搖頭說：

「總而言之，要是輸了，春日就會不高興對吧？也就是說，我們必須一直贏下去；也就是說，我們還需要長門的魔法幫忙。再怎麼想，我們再繼續無視於物理法則的存在可不太妙啊。棄權吧！」

「也好。事實上，我也得去幫同伴的忙了。為了消弭閉鎖空間，他們那邊似乎很欠缺擊退『神人』的人手。」

「幫我問候那些藍色的傢伙一聲。」

「我會的。話又說回來，我從這次的事情了解到，不能讓涼宮同學閒下來。這是今後的重點課題，有檢討的餘地。」

那麼，一切都拜託你了。古泉說著，便前往活動本部提出退出第二場比賽的要求。

他總是面不改色地將麻煩事推到我這邊來。真是拿他沒辦法。

我戳戳強行要求朝比奈跳康康舞、自己也跳得不亦樂乎的春日的背。

「幹嘛？你也想一起跳嗎？」

「我有話跟妳說。」

我將春日帶到球場外頭。沒想到春日倒是乖乖地跟來了。

「妳看看那個。」

我指著蹲在板凳前面的上上原海盜隊的選手們。

「妳不覺得他們很可憐嗎？」

「為什麼？」

「我相信他們為了今天，一定經過了辛苦而嚴苛的訓練。他們連續四年獲得優勝，我想他們的壓力一定很大吧？」

「所以？」

「他們當中一定有連板凳都沒辦法坐而暗自垂淚的選手。妳瞧，站在擋球網後頭那個理五分頭的大哥，就讓人有那種感覺。妳不覺得很可憐嗎？他再也沒機會上場了。」

「所以？」

「我們退出比賽吧。」

我斬釘截鐵地說道。

「妳也該玩夠了吧？我已經不想再玩了。接下來，我寧願大家一邊吃飯一邊閒扯淡。老實說，我的手腳都已經累得發抖了。」

這是真的。因為我在內外野跑來跑去，早就精疲力竭了。精神上也一樣。

春日得意的表情，變成鬧情緒的唐老鴨的表情，吊著眼睛默默地一直看著我。就在我快要沉不住氣的時候——

「你無所謂嗎？」

無所謂。朝比奈和古泉，或許連長門也都這麼想吧？老妹從剛剛就一直努力地練習揮棒，不過那小妮子只要給顆糖果，就會把球棒拋到九霄雲外去了。

「哼。」

春日看著我，又看看球場，思考了一會兒，或者該說是裝出思索的樣子，然後盈盈地笑了。

「唔，好吧，反正我肚子也餓了，我們去吃午飯吧！我覺得啊，棒球真是一項簡單到不行的運動，沒想到我們會贏得這麼乾淨俐落呢。」

是這樣嗎？

我沒有反駁她，只是聳聳肩。

當我提出把參加第二場比賽的權利讓渡出去的時候，對方球隊的隊長一邊流著淚、一邊感謝我們。看到他那個樣子，我心中滿是歉意。因為我們是用非常不可理喻的欺騙手段偷得勝利果實的。

我正要快速離去時，那個隊長叫住了我，在我耳邊這樣悄聲說道：

「對了，你們用的那支球棒要多少錢才肯出讓？」

就這樣，除了古泉之外，我們現在正佔據在餐廳的一角狼吞虎嚥地吃著飯。老妹已經完全纏上春日和朝比奈了，坐在她們兩人之間，以讓人看得心驚膽顫的態勢拿刀子去刺漢堡吃。谷口和國木田則正經八百地討論著參加棒球社的事情，唉，隨便他們了。而鶴屋學姊現在的興趣則似乎鎖定了長門，她對長門說：「妳就是長門有希？我常聽實玖瑠提到妳耶。」卻被默默張大嘴巴吃著總匯三明治的學妹，施以視若無睹的回應。

大家都點了過多的餐點，這是有道理的，因為付帳的人是我。

因為春日以彷彿想到什麼好主意似的語氣，當眾宣佈我必須付帳。我完全無法理解春日為什麼會突發奇想。因為從來沒能正確地追蹤到這傢伙的思考邏輯，所以我不會為發生的每件事感到驚訝；更因為嫌麻煩，連抗議都懶得抗議了。不但如此，我心中甚至有種雨過天晴般放鬆的感受。

這一切，全是因為我的口袋裡莫名其妙多了一筆相當可觀的臨時收入。

我衷心祈盼上上原海盜隊能拿下傲人戰績。

幾天後。

放學後，我們仍然一如往常在社團大樓的某間教室裡，過著一如往常的生活。就好像幾天前棒球場上的事從未發生過一樣。

我一邊喝著由穿著女侍服的朝比奈為大家泡的玄米茶，一邊和古泉玩黑白棋；長門則在一旁專心地閱讀從圖書館借來的非常厚重、活像辭典一樣的哲學書籍。順便說明一下，朝比奈今天的打扮是順應我們要求的。讓女侍伺候的感覺，還是比護士好些吧？朝比奈抱著托盤，瞇著眼睛看著我們對戰。

這是我們跟以前沒什麼兩樣的相處情景。

而將我們這彷彿滔滔黃河般悠然流動的時光破壞殆盡的，也總是涼宮春日。

「抱歉，我來遲了！」

春日一邊毫無誠意地道歉，一邊像冬天從門縫裡鑽進來的寒風一樣席捲而來。

她那張覆在臉上的微笑面具，實在叫人渾身不舒服。不知道為什麼，每當這傢伙露出這種笑容時，背後往往隱藏著讓我精疲力竭的詭計。這裡真是個不可思議的世界啊。

果然不出我所料，春日又說出了一些脈絡不明的話來：

「哪個好？」

我放下黑棋，將古泉的兩顆白棋翻過來後問道：

「什麼哪個？」

「這個。」

我不情不願地接過春日遞過來的兩張紙。

又是傳單。我將兩張紙看了一下。其中一張是草地足球大賽的通知，另一張是草地美式足球大賽的通知。我真的打從心底詛咒印出這種東西的業者。

「其實啊，我本來不想參加棒球，是想從這兩項比賽中選擇一項的。但是棒球的比賽日程比較早。哪，阿虛，你認為哪個好？」

我懷著黯淡的心情，視線在社團教室裡游移著。古泉露出微微的苦笑，用手指彈著奧塞羅的棋子；朝比奈一臉泫然欲泣的表情，不停地搖著頭；長門則低頭看著書，只有手指頭偶爾活動一下而已。

「對了，足球和美式足球要幾個人才能打啊？光是上次球賽的那些人就夠了嗎？」

我望著春日那幾乎要漾起光暈的開朗笑容，心裡盤算著：哪一種球類比賽是需要比較少的選手啊？

竹葉狂想曲

話說回來，五月份都已經夠熱了，時值七月份的今天更是熱得讓人受不了，而且濕氣也更重，一再挑動著我的不快指數（註：氣象學名詞，計算公式為0.81T〈氣溫〉＋0.01U〈相對濕度〉＋46.3）。這所高中廉價的校舍，跟空調之類的高級機械可以說是完全無緣。一年五班的教室簡直就像前往灼熱地獄的候車室一樣，我確信設計者一點居住舒適環境的概念都沒有。

再加上這個星期是面臨期末考的七月的第一個星期，我心裡的愉快情緒還在巴西一帶徘徊，暫時沒有要回來的意思。

期中考考得悽慘無比，再這樣下去，我很難保證期末考就能有個令人滿意的結局。這一定是因為我花太多時間在ＳＯＳ團的活動上，以至於沒能專心課業的關係。我根本一點都不想跟那種事情扯上任何關係，但是從今年春天開始，每當春日提出什麼建議，我就得莫名其妙地四處打轉，這個法則已經成了我的日常生活，而且我有點討厭開始習慣這種生活的自己。

正是太陽從西邊斜射進教室的下課時間。坐在我後面的女人，用自動鉛筆戳戳我的背。

「你知道今天是什麼日子嗎？」

涼宮春日頂著一張像是聖誕節前夕的小學生那般喜悅的表情說。這傢伙開始出現這種感情豐富的表情，就是她正在思索著絕對不是什麼好事的信號。我裝出認真思索的表情三秒鐘，然後說：

「是妳的生日嗎？」

「不是啦！」

「朝比奈的生日。」

「不——對！」

「古泉或長門的生日。」

「我哪知道他們生日哪一天！」

「順便告訴妳，我的生日是——」

「誰理你？你這傢伙，是真的不知道今天是多麼重要的日子吧？」

就算妳說有多重要，對我而言，今天也只是一個炎熱的平常日子。

「你倒是說說看，今天是幾月幾日？」

「七月七日……我不太願意去想，不過妳總不會想說今天是七夕吧？」

「我當然打算這麼說。七夕七夕七夕。如果你也算是日本人的話，就該好好記住。」

這本來是來自中國的傳統，以舊曆來算，七夕應該是在下個月才對。

春日拿著自動鉛筆在我面前晃。

「從紅海開始包括這邊，全部都算是亞洲。」

這是什麼地理概念？

「世界杯預賽不也是都混在一塊兒比嗎？就像七月跟八月也很像啊，夏天就是夏天。」

哦，是嗎？

「隨便都好啦，總之我們得舉辦七夕的活動才行。我堅持這種節慶活動一定要慎重辦理。」

我覺得還有很多其他應該慎重辦理的事情。倒是妳有必要刻意跟我宣揚嗎？我可不想知道妳打算做什麼。

「大家一起進行會比較好玩。從今年開始，我決定七夕時大家要一起舉行盛大活動。」

「別擅自做決定。」

嘴巴是這樣講，但是一看到春日那莫名其妙顯得很得意的臉，我就覺得跟她在這邊抬槓是很愚蠢的一件事。

「你到社團教室去等我！不可以跑回家哦！」她還這樣交待。

不用她說，我本來就打算到社團教室去。因為那邊有我一天至少要看一次的人在。只有那一個人。

位於社團教室大樓二樓，與其說是ＳＯＳ團跟文藝社借用、不如說是寄生在裡面的基地總部裡，已經聚集了其他成員。

「啊，你好。」

盈盈地笑著對我打招呼的是朝比奈。她是我心靈安適的泉源。要是沒有她，ＳＯＳ團就像沒加咖哩塊的咖哩飯一樣毫無存在價值。

從七月份開始，朝比奈的女侍裝已經換成夏季版了。帶衣服來的是春日，我從來就不知道她打哪兒弄來這麼多各式各樣的衣服，而朝比奈總是很正經八百地向她道謝：「啊……謝、謝謝妳。」她今天依然是隸屬於ＳＯＳ團的女侍，很勤快地幫我泡玄米茶。我一邊喝著茶，一邊環視室內。

「喲，情況如何？」

長桌上擺著西洋棋盤，一手拿著參考題庫、一邊把玩著棋子的古泉一樹抬起頭來跟我打了聲招呼。

「我的情況，自從進高中以來就沒有正常過。」

古泉說他下膩了奧塞羅棋，所以上個星期就帶來了西洋棋，不巧我不懂西洋棋的規則，其他成員也沒人懂，他只好一個人落寞地下著。都快考試了，他竟然還這麼悠哉。

「其實也不算悠哉啦，只是利用念書的空檔做做頭腦體操罷了。每解開一個問題，腦部的血液循環就會加速。一起下一盤如何？」

不用客氣了。我並不想再動不必要的腦筋。現在如果再去記一些奇奇怪怪的東西，好像就會把我該背的英文單字相對地從腦袋裡面擠出去。

「那真是遺憾。下次我帶大富翁或魚雷對戰遊戲（註：一種小型平台遊戲，雙方以猜拳決定先後，朝敵方戰艦發射象徵魚雷的小鋼珠）之類的東西來吧？對哦，最好是大家能一起玩的東西。你覺得什麼比較好？」

什麼都好，也什麼都不好。這裡可不是棋盤遊戲研究社，是ＳＯＳ團。順便說明一下，就連ＳＯＳ團的活動方針對我而言也都還是個謎。我並不清楚這個謎樣的社團到底該做什麼好。我並不想知道，而且不知道比較能保障我的人身安全。所以我提不起勁來做任何事。這就是我完美無瑕的邏輯。

古泉聳聳肩，再度埋首於他的題庫。他一把抓起黑色武士，移到盤面的另一個地方去。

在古泉的旁邊，比機器人更缺乏表情的長門有希專心地看著書。這個沉默又冷漠的類外星人，興趣似乎從翻譯小說轉向到原文書，現在她正看著標題用我連看都看不懂的奇怪文字書寫、彷彿老舊厚重的魔法書的書籍。我想一定是用古代埃特魯里亞（註：Etruria，位於義大利中西部的古國名）文或什麼奇怪的文字所寫的。我相信長門連用甲種線形文字（註：發現於希臘克里特島的克里特文明的文字）所寫的碑文也都看得懂吧？

我拉出折疊椅坐了下來。朝比奈立刻把杯子送到我面前。這麼熱的天哪有人喝熱茶的——我完全沒有想到這種足以遭受天譴的抱怨，只是滿懷著感謝之心啜飲玄米茶。嗯，又燙又熱。

教室的角落裡，那台春日不知道從哪裡搶來的電風扇不停地轉動著，但是降溫的效果卻只像是在滾燙的石頭上澆熱水一樣。既然要搶，乾脆去教職員辦公室搶台直立式冷氣機豈不更好？

我將視線從長桌上那本嘩啦嘩啦迎風翻動的英語課本上移開，坐在折疊椅上反弓著背，用力地伸了一個懶腰。

很清楚自己回家也不會念書，所以想放學後到社團教室來試試會不會比較有效果，沒想到不管在什麼地方，不想做的事還是不想做。勉強自己做不想做的事情，不管對肉體上或精神上應該都沒有好處。也就是說，不勉強自己才算是健康的生活。好吧，不念了。我轉著自動鉛筆、闔上課本，決定望著我的精神穩定劑。療癒我那被厭世觀所囚禁的心靈的精神穩定劑，正打扮成女侍的模樣，坐在桌子的另一頭解著數學題。

以認真的表情凝視著問題集，然後在筆記上有一搭沒一搭地寫著；無精打采地思索著，然後又彷彿突然想起什麼似地振筆疾書——不斷反覆這幾個動作的她，當然就是朝比奈實玖瑠學姊。

光用眼睛看，就覺得心情舒坦許多。我產生了一股慈悲心，好像把零錢之外的錢都投進街頭募款箱中也無所謂。朝比奈沒有發覺我正在觀察她，專心一意地念著她的數學。她的每一個動作都讓人發出會心的微笑，事實上，我的臉上真的露出了笑容。我覺得自己好像正看著一隻小海豹一樣。

我們的視線對上了。

「啊，什、什麼事？我做了什麼奇怪的事情嗎？」

朝比奈驚慌失措地整理自己全身。這個動作更加撩動我的心。正當我想說一些歌頌天使般的形容詞時——

「呀呵！」

門被人粗暴地打開，冒失的女人莽莽撞撞地闖了進來。

「抱歉抱歉，我來遲了。」

不用道歉，因為沒有人在等妳。

春日肩上扛著一根竹子，吵吵鬧鬧地登場了。那是一根長著茂密的綠色竹葉、活生生的竹子。妳帶這種東西來幹什麼？難不成想做存錢筒？

春日挺起胸膛回答：

「當然是用來掛詩箋的。」

Ｗｈｙ？為什麼？

「不為什麼。因為好久沒擺許願竹了，想來玩玩看。因為今天是七夕啊！」

……一如往常，真是一點意義都沒有。

「妳去哪裡砍的？」

「學校後面的竹林。」

如果我記得沒錯的話，那邊可是私有土地耶。妳這個採竹大盜。

「有什麼關係？竹子的根長在地下，上頭少一段也不會怎樣啊！如果偷竹筍的話可能就構成犯罪了。倒是被豹腳蚊叮了好幾個包，好癢哦。實玖瑠，幫我背上擦一些止癢藥好不好？」

「啊，是！」

手上拿著急救箱的朝比奈躂躂躂地跑過來，模樣就像個實習護士。她拿出藥膏，將手從水手服的衣領處伸進春日的背部。身體往前彎的春日說：

「再往右一點……太右了。啊，就是那裡。」

春日現在就像隻被人輕撫著下巴的小貓一樣，舒服地瞇細了眼睛。她把竹子立在窗邊，不慌不忙地站到團長桌上，不知道從哪裡拿出了詩籤，露出非常愉快的笑容說：

「哪，大家把自己的願望寫下來吧！」

長門倏地抬起頭來。古泉露出苦笑，朝比奈則瞪大了眼睛。她又想搞什麼鬼了？春日從桌子上一躍而下，裙子的下襬翻飛著。

「但是，我有條件。」

「什麼條件？」

「阿虛，有人會在七夕當天實現人們的願望，你知道是誰嗎？」

「不是織女或牛郎星嗎？」

「答對了，十分。那麼，你知道織女和牛郎星是指哪兩顆星嗎？」

「不知道。」

「是天琴座α星和河鼓二天鷹座α星吧？」

古泉立刻回答。

「沒錯！八十五分！就是這兩顆星！也就是說，必須把短箋上的願望對著這兩顆星吊起來才行。明白嗎？」

妳到底想說什麼？剩下的十五分是哪一部分的分數？

嘿嘿。春日莫名其妙地露出一副了不起的樣子。

「我來說明。我們沒辦法以超越光速的速度移動，根據特殊相對論來說是這樣的。」

突然講這些話的用意何在？春日從裙子口袋裡拿出一張筆記本內頁，一邊瞄著備忘一邊侃侃而談：

「順便告訴大家，地球距離天琴座α星和河鼓二天鷹座α星分別是二十五光年和十六光年。

也就是說，從地球發出去的情報要抵達某個星座，必須花上二十五年或者十六年的時間，這是理所當然的——懂了嗎？」

那又怎樣？話又說回來，妳還特地跑去查這種資料啊？

「所以，這就等於是某個神明看到我們的願望所必須花的時間，對不對？而要實現我們的願望，又得等上那麼長的時間。所以，短箋上必須寫二十五年後、或者十六年後的未來希望實現的事情！如果寫上『希望在下個聖誕節之前交到超帥男朋友！』，那根本是來不及的！」

春日揮舞著手臂賣力解說著。

「喂，等等。如果去程要花上二十年左右，那麼回程不也要花上相同的時間？那我們想要實現願望，不就是五十年後或三十二年後的事情了嗎？」

「對方是神耶，總會幫我們想想辦法的。一年一度總有半價大拍賣呀！」

偏偏她就會在對自己有利的時候，無視相對論的存在。

「哪，各位，現在了解我的意思了吧？短箋要寫兩種，一種寫給天琴座α星，一種寫給河鼓二天鷹座α星。請寫下你希望在二十五年後和十六年後想實現的事情。」

簡直是胡說八道。一口氣想要實現兩種願望，這種算盤也未免打得太厚顏無恥了。而且，我們無從得知二十五年或十六年後的自己在做什麼，現在怎麼知道要寫什麼願望？充其量不過是希望退休制度或財政金融投資方面不會出現大漏洞，機能可以順利運作吧？

織女和牛郎兩個人聽到人們這種願望，大概也會感到頭痛。兩人一年都只能見一次面了，還被要求做這種事？去找自己國家的政治家們想辦法吧！要是我就會這麼想。

可是，這傢伙仍然一如往常，老是想著一些無謂的事情。我懷疑她的腦袋裡是不是有個白洞（註：根據廣義相對論，白洞是和黑洞完全相反的物質，經過白洞前的所有光線及物質都會被其強大的排斥力噴射出去，但至今仍未有直接證據證明白洞的存在）？這傢伙所想的一般常識，到底是哪個宇宙的常識啊？

「也不能這麼說。」

古泉竟然說出像是在袒護春日的話來。但是聲音很小，只有我能聽得見。

「涼宮同學的言行舉止是很與眾不同，但是以現在的情況看來，她可是很清楚何謂常識的。」

古泉對著我露出一如往常的開朗微笑。

「如果她的思考活動異常的話，這個世界是不可能這麼安定的。照理說，應該變成一個由更為怪異的法則支配的奇妙世界。」

「你怎麼知道？」我問道。

「涼宮同學希望整個世界能有多一點的變化，而她也具有重新構築這個世界的力量，這點你應該也很清楚。」

我確實清楚。雖然心中有所懷疑。

「但是目前這個世界尚未失去理性，這是因為她把常識看得比自己的願望還重要。」

也許是很幼稚的舉例，不過——古泉起了個頭後說：

「譬如，她希望有聖誕老人存在；但是就常識而言，聖誕老人是不存在的。至少以現在的日本這個舞台而言，是不可能有人在深夜時分闖入門戶深鎖的人家，而且在不被任何人撞見的情況下留下禮物走人的。聖誕老人又是怎麼知道每個孩子想要的東西的？他根本不可能利用短短一個晚上的時間，到全世界每個好孩子的家中去送禮物。就物理上而言是不可能的。」

會認真思考這種問題的人，腦袋才有問題。

「沒錯，所以聖誕老人是不存在的。」

我之所以反駁他，是因為他似乎站在春日那一邊，這讓我很不爽，於是我提出了我的疑問：

「如果照你這麼說，那麼外星人、未來人或超能力者，不是都跟聖誕老人一樣嗎？那你為什麼會在這裡？」

「所以我可以想像，涼宮同學對存在於自己心中的常識有多焦躁不安。常識的部分一再否定她的願望——也就是希望這是一個經常發生超常現象的世界。」

這麼說來，結果那傢伙的非常識還是略勝一籌囉？

「可能是她無法完全遏抑的想法，把我跟朝比奈還有長門同學這樣的存在給呼喚到這裡來，並賜給了我神奇的力量吧？雖然我不是很清楚你是怎麼想的。」

不清楚最好。至少我跟你不一樣，我確實具有自己是普通人的自覺。

雖然我還不知道這究竟是幸還是不幸？

「那邊的人！禁止私下交談！我現在正在討論嚴肅的事情！」

大概是看不過我跟古泉竊竊私語，春日的眼睛瞪成三角形，不悅地大叫，我們只好乖乖地拿著春日分配給我們的短箋和鉛筆回到座位上。

春日哼著歌飛快地動著筆；長門則凝視著短箋，一動也不動；至於朝比奈，則露出比算難解的數學題更困惑的表情。古泉一邊以輕鬆的語氣嘟噥著「唔，真是傷腦筋啊」，一邊歪著頭思索。你們三個，這種事情需要那麼認真地思考嗎？隨便敷衍了事不就得了？

……可不要跟我說，寫下來的願望真的會實現哦！

我將筆拿在指間繞轉著，視線別向一旁。春日「盜採」回來的竹子伸出敞開的窗戶外，葉子因此參差不齊。時而刮起的風吹得葉子沙沙作響，頓時讓人有一種清涼的感覺。

「喂，寫好了沒？」

春日的聲音把我的魂給叫了回來。她面前的桌子上，放著寫著以下內容的短箋：

『讓世界以我為中心旋轉吧！』

『希望地球的自轉變成倒轉』

竟然寫著這種像是沒教養的欠揍小孩講的話。如果只是為了搞笑倒還好，偏偏春日把短箋掛到竹葉上時的表情，卻是那麼地嚴肅而認真。

朝比奈用可愛而整齊的字寫著：

『希望裁縫的技術能變好』

『希望烹飪的手藝能變好』

朝比奈許的願望實在是太惹人憐愛了。她雙手合掌，閉著眼睛對著吊掛在竹葉上的短箋膜拜。我覺得她好像誤會了什麼。

長門的短箋則是一點趣味都沒有。只是用彷彿習字本上的楷書，寫著『調和』、『變革』這些煞風景的字。

至於古泉則跟長門差不了多少，用讓人意想不到的凌亂筆跡，寫著『世界和平』、『一家平安』之類的四字成語。

我呢？我的也很簡單。因為是二十五年後和十六年後的事情，當時的我已經是個老頭子了，我料想未來的我應該會要求這些事：

『給我錢。』

『給我一間可以用來幫狗洗澡、附有庭院的獨棟房子』

世界があたし
回るようにー

「真是俗不可耐！」

看到我掛上去的短箋，春日愕然地宣佈她的感想。她是唯一最不該對我的所作所為感到驚訝的人。長遠來看，我這種願望總比地球倒轉要對人生有益得多吧？

「唉，算了。各位，請把自己寫下的內容牢牢地記住哦！從現在算起的十六年是第一個關鍵。我們來比賽看看河鼓二天鷹座α星實現了誰的願望！」

「啊……好、是。」

我一邊窺探著朝比奈以認真的表情直點著頭，一邊回到本來坐著的折疊椅上。定睛一看，長門早就回到她的書本世界裡了。

春日將長長的竹子從窗口伸出去，然後固定住，接著拉來一張椅子坐在窗邊。她把手肘擱在窗架上，仰頭看著天空。我覺得她的側臉散發出些許憂鬱的成分，不禁有點不知所措。她是一個感情起伏非常劇烈的人，剛剛明明還那樣大吼大叫的。

我打開課本，想再跟考試奮戰一下。我嘗試背下關係代名詞的種類。

「……十六年啊？好久哦。」

背後傳來春日輕輕的嘟噥聲。

長門默默地看著她的原文書，古泉一個人玩著象棋，我則努力地背誦著英文翻譯。在這段期間，春日一直坐在窗邊眺望天空。其實像她現在這樣乖乖地坐著不動，也算是一幅賞心悅目的圖畫。我心想她總算有心想效法長門，但是表現得如此溫馴的春日，卻反而讓人覺得非常不舒服。因為，她一定又在想些會讓我們大傷腦筋的事情了。

話又說回來，不知道為什麼，春日今天的情緒莫名地低盪。有時候還會仰望著天空，發出吐氣一般的嘆息。這更讓人覺得毛骨悚然。現在的靜默，只怕是相對份量的反動的開始，太可怕了。剛被流放到讚岐時的崇德天皇（註：一一一九～一一六四，日本第七十五代天皇，由於在保元之亂中戰敗被流放到讚岐），在剛開始的兩、三天一定也是這個樣子的。

沙。我聽到紙張磨擦的聲音，抬眼一看。坐在我對面、本來正和參考書搏鬥的朝比奈，伸出一隻手的食指抵在嘴唇上，閉著右眼，將剛剛多出來的短箋遞給我。朝比奈窺探著春日的動靜，快速地把手縮了回去，然後帶著惡作劇成功的小女孩似的表情低下頭去。

我的共犯意識整個被激發了出來，快速地將朝比奈給我的短箋拉近來看。

『活動結束之後請留在教室裡。實玖瑠☆』

上頭用小而圓的字體寫著這些字。

我當然會照辦。

「今天就到此為止。」

春日說著，並快速拿起書包，離開了教室。她的情況實在異於尋常。就像平常使用大量燃料的柴油貨車，今天卻變成了太陽能動力汽車一樣謙遜。對今天的我來說，這實在是正中下懷。

「那麼我也要告辭了。」

古泉也收拾好了西洋棋，站了起來。他對著我跟朝比奈以眼神示意之後，就離開了文藝社團教室。

長門也砰的一聲闔上了書本。哦，妳也要走了嗎？謝謝了……正當我對她抱著滿懷感激時，長門踩著像貓一般靜寂的步伐走到我面前來。

「這個。」

她遞出了一張紙。又是短箋。交給我，我也沒辦法幫妳送到銀河上去啊！我一邊想著，一邊看著短箋。

上面畫著意義不明的幾何圖案。這是什麼東東啊？是蘇美文字之類的嗎？這種東西就算輸入英格碼機（註：Enigma，為德軍於第二次世界大戰期間使用之密碼）解讀，恐怕也是徒勞無功吧！

我皺著眉頭，注視著這些不成圖也不像字、看起來像圈圈又像三角形或波狀線的東西。這時長門轉過身去收拾書包，然後大步離開了社團教室。

算了。我把那張短箋收進運動褲的口袋，重新轉身面對朝比奈。

「對、對不起，我希望你跟我到一個地方去。」

這句邀約不是來自別人，而是朝比奈。要是我拒絕的話，可會遭天譴的。只要她一聲招喚，就算叫我跳進熔爐也奮不顧身。

「無所謂啊，要去哪裡？」

「那個……嗯……三年前。」

我問的是什麼地方，她回答的卻是什麼時候。可是……

三年前。又是那個嗎？我有這種感覺，但是仍然興起了莫大的興趣。這麼說來，朝比奈是一個來歷不明的自稱未來人。雖然因為長得太過可愛，常常讓我忘了這個事實。可是三年前？前往三年前？也就是說，我們要做時光之旅嗎？

「是──是的。」

「啊，我是很願意去，但是為什麼找我？去幹什麼？」

「那個……去了就知道……我想是吧。」

什麼東東？

大概是我的臉上露出若干狐疑的色彩吧？朝比奈驚慌失措似地舞動著雙手，然後閃著淚光請求我：

「求求你！請你現在什麼都不要問，只要說好就好了。否則我……那個、那個、會很困擾。」

「這個嘛——那就走吧。」

「真的嗎？謝謝你！」

朝比奈雀躍不已，欣喜地握住我的手。啊，朝比奈的快樂就是我的快樂啊，哈哈哈！

回想起來，朝比奈主動表明身分時所說的「來自未來」，老實說也不過是單方面的聲明而已。因為有一個已經長大的朝比奈適時出現，才讓我對此事深信不疑；但是我也不能否認，這其中或許存在著某種詭計。那麼，這不就是補強「朝比奈未來人說」的大好機會嗎？

「那麼，時光機器在哪裡？」

我本來以為只要鑽進抽屜裡就可以了，但是她說沒有這種裝置。那麼，要怎麼進行時間跳躍？朝比奈扭扭捏捏地揪著圍裙前端，說：

「從這裡去。」

咦？這裡？我毫無意義地環視著已經沒有其他人在的社團教室。只有我們兩個人。

「是的。請坐在椅子上。能不能請你閉上眼睛？對，肩膀放輕鬆。」

我順從地照做。總不會有人從後面往我頭上猛然一擊吧？

「阿虛……」

朝比奈壓低的聲音從耳朵後方傳來。好輕柔的氣息。

「對不起了。」

我有一種不祥的預感。正待睜開眼睛的那一瞬間，突然間四周一片黑暗。一股強烈的站立暈眩般的感覺，奪走了我的意識。在完全的黑暗降臨之前，我隱約地想著：早知道就不答應了。

當意識甦醒時，我的視野顛覆了大約九十度。本來應該直立的東西都變成橫躺，看到街燈從左邊往右橫生，我才知道自己現在是躺著的，這時我立刻發現左側頭部有一股暖暖的觸感。

「啊，你醒了？」

一個天使般的聲音。我完全清醒了。左耳下方蠢動的東西是什麼啊？

「那個……如果你再不把頭抬起來的話，我有點……」

是朝比奈充滿困惑的聲音。我挺起身，確認自己的所在位置。

夜裡公園的長椅上。

這是怎麼回事？我好像睡在朝比奈的大腿上。而且因為睡著的緣故，我一點記憶都沒有。真是太可惜了。

「我的腿已經麻了，很難受。」

朝比奈很難為情似地笑著，同時低下頭去。不知道她到哪裡去換衣服的，身上穿的已經從女侍服變成北高的水手服了。從傍晚到深夜，這中間應該有很多時間可以換衣服，但是我卻睡死了。可是，我為什麼會睡著呢？

「因為，我不想讓你知道時間跳躍的方法。嗯，因為規則是這麼禁止的……你生氣了？」

不，一點都沒生氣。如果是春日的所作所為，我當然會揍她；但是如果是朝比奈，那就一點關係都沒有了。

話又說回來，剛剛才坐在社團教室的椅子上閉著眼睛，怎麼突然就跑到深夜的公園來了？而且我對這座公園似乎有一點印象。記得之前被長門找出來時，也是約到這座公園。這裡是一些怪人們的聖地嗎？

我不解地搔著頭。有件事必須先問清楚：

「現在是什麼時空背景？」

坐在我旁邊的朝比奈回答：

「距離出發地點三年前的七月七日。晚上九點左右吧？」

「真的嗎?」

「是真的。」

她一臉認真。

沒想到這麼容易就來了。但是,我可沒有單純到她說什麼都照單全收。我必須找個地方確認一下。打117問問看吧?

正當我想把自己這個想法告訴朝比奈時,左肩突然變得好沉重。咦?朝比奈的頭正擱在我的肩膀上。精疲力竭的朝比奈把身體靠了過來,這代表什麼意思啊?

「朝比奈?」

沒有回應。

「那個……」

「呼~」

呼?

我把脖子往斜前方轉了八十五度,定睛一看,只見朝比奈閉著眼睛,半張著朱唇,發出均勻的鼻息聲。什麼跟什麼啊?

沙沙——

突然,背後的草叢不自然地晃動著。我頓時整顆心都揪了起來。什麼東西啊?

「她睡熟了嗎？」

一邊說著、一邊從草叢裡冒出來的是……另一個朝比奈。

「啊，阿虛，晚安。」

現身的是朝比奈豪華版。比在我旁邊睡著的朝比奈年長了幾歲，各方面都已經完全成長的朝比奈，是一個可愛依舊、魅力程度卻經過大幅正面修正的妙齡美女。之前我也見過她一次，而她跟當時一樣，穿著白色上衣和藍色的緊身迷你裙。這一個朝比奈走到我們面前。

「嘻嘻，這樣看起來……」

大人版朝比奈輕輕地戳著睡美人朝比奈的臉頰。

「真像個小孩子。」

朝比奈（大）一副很懷念的表情，伸手去撫摸朝比奈（小）身上的水手服。

「這個年紀的我是這個樣子的啊？」

我的手臂感受著朝比奈（小）輕微的氣息，一動也不能動，愕然地抬頭看著朝比奈（大）。

「把你帶到這裡來是她的任務，今後引導你就是我的任務了。」

我用像個呆瓜一樣的語氣，對盈盈笑著說話、充滿成熟魅力的朝比奈問：

「啊……這到底是……」

「我沒辦法做詳盡的說明，因為這是被禁止的，所以我只能請求你。」

我轉頭去看靠在我身上沉沉睡著的朝比奈。

「我讓她睡了，因為不能讓她看到我。」

「為什麼？」

「因為當我處於她的立場時，我並沒有見過我自己。」

好個讓人似懂非懂的理由。充滿魅力的朝比奈閉上一隻眼睛說：

「沿著那邊的軌道往南走，有一座學校，是一所公立國中。我想請你去幫助在校門前面的那個人。你能不能馬上趕過去？很抱歉，還得請你背著這個我一起前往。我想應該不會很重。」

她說的話好像出現在RPG遊戲當中的村民一樣。不知道我會得到什麼寶物做為報酬？

「報酬……嗎？這個嘛——」

大人版朝比奈拿手指頭抵在形態優美的下巴思索著，然後成熟地笑了。

「我沒什麼可以給你的，不過你可以親親睡著的我。只能趁我睡著的時候喔。」

好吸引人的交換條件啊！這簡直是我求之不得的事情。朝比奈的睡相可愛得讓人不禁想染指。可是——

「那有點……」

不管就心情上或者狀況上而言，這種行為都有違我個人的主義。我對自己在這種時候表現得分外理性的性格，其實是滿作嘔的。

「時間有限，我得走了。」

這就是妳這次給我的建議嗎？

「啊，還有，請別讓她知道我的事。說好囉？勾勾手？」

我無意識地伸出手指，去勾住朝比奈（大）的小指頭。能不能勾個一分鐘左右？

「阿虛，再見了。」

朝比奈（大）開朗地說道，接著往黑暗中走去，不消多時便不見人影了。這一次她走得可真是乾脆。

「現在呢——」我自言自語。剛剛的大人版朝比奈，還要多久才能和我再會呢？我覺得她跟上次給我奇怪暗示時，幾乎沒有什麼變化。或許剛剛出現的她，是比當時更早以前的她。我不懂。我不可能懂。我只知道，從剛剛的氣氛來看，我可能還會再跟不同時代的朝比奈重逢。

背在我背上的朝比奈不算輕，可是要說重也不至於。很自然地，我的腳步變慢了。在我耳邊發出輕微鼻息聲的天真臉孔，簡直就是造孽。她的氣息讓我的脖子酥酥癢癢的。

我避開路上行人的目光（雖然沒什麼人在路上），快速地沿著大人版朝比奈指示的道路走去。大約在行人漸漸變得稀少的路上走了十分鐘左右吧？彎過一個轉角，就到達目的地了。

東國中。我很熟，那是谷口和春日的母校。順帶說明一下，一個我熟識的人就緊貼在校門前。我一眼就看出正作勢要爬上鐵門的嬌小人影。

「喂！」

叫了一聲之後，我才感到訝異。我怎麼會知道那個人是誰呢？真是太不可思議了。我只看到那個人的背影，而且身高也小了一號。漆黑的直髮不長不短的。

雖然，我認識的人裡會趁夜晚翻牆爬過校門的只有一個。

「幹嘛!?」

我終於實際地感受到，我所面對的是三年前的過去。不是說笑，我好像真的來到過去了。

緊貼在門上、回過頭來的那張臉，確實比我所認識的ＳＯＳ團團長來得年幼。但是那雙絕對不會錯認的眼睛中的光芒，不折不扣就是春日的眼神。即便她是一身Ｔ恤配上短褲的輕鬆打扮，這種印象依然沒有什麼改變。三年前的現在，涼宮春日是國中一年級的學生。朝比奈要我協助的人，難道就是這傢伙嗎？

「你是什麼人？變態？還是綁架犯？看起來真是可疑。」

朦朧的街燈將四周照得微微發白。我沒辦法看清楚春日細部的表情，但是還在念國中一年級的春日的眼神，很明顯地變成看著可疑人物的色彩。三更半夜企圖溜進學校的女孩子，和背著一個熟睡的少女四處徘徊的我，哪一個比較可疑？我實在不想深入去思考這個問題。

「妳才可疑。妳在這裡幹什麼？」

「那還用說？當然是非法入侵。」

別這麼冠冕堂皇地宣揚自己的犯罪行為。惱羞成怒也要有個限度。

「你來得正好。我雖然不認識你，但是要是你有空的話，就幫我一下忙吧！否則我就去報警。」

該報警的是我，但是我跟另一個朝比奈約定在先。可是話又說回來，為什麼涼宮春日這個存在會如此緊緊地糾纏著我，甚至來到過去也不放過呢？

春日跳到鐵門內側，然後打開固定門閂的荷包鎖。妳怎麼會有鑰匙啊？

「我趁人不注意偷來的。實在太容易了。」

真是個不折不扣的小偷。春日慢慢地滑開校門的鐵門，對我招招手。我走近個子比三年後矮半個頭左右的小女生，將朝比奈重新背好。

一走進東國中的正門，緊鄰的就是運動場，對面則聳立著校舍。春日開始往前走，斜向穿越漆黑的運動場。

還好天色這麼暗。在這種狀況下，她並沒能看清楚我跟朝比奈的臉。三年後的春日似乎從來就沒有想過，曾經在國一的時候見過我跟朝比奈，所以事情非得這樣不可，不然就傷腦筋了。

春日直接前往運動場的角落，把我帶進體育用品倉庫後面。那邊放著生滿鐵鏽的拖車，還有掛著輪子的畫線機，還有幾包石灰粉。

「我在傍晚的時候，從倉庫裡拿出來事先藏好的。很聰明吧？」

春日沾沾自喜，將幾乎有她自己的體重那麼重的石灰粉包扛到行李架上，抬起把手。她顫顫巍巍地推著拖車的手法，更讓我意識到她的年幼。國一生還算是小孩子吧？

我小心翼翼地將熟睡中的朝比奈放下來，讓她靠在倉庫的牆上。就請妳在這邊乖乖坐一下吧。

「我來吧！把那個給我，妳拿著畫線機。」

我是不是不該表現出協助的態度？春日一直以來都在奴役我，就像發狂的機器人非把東西操到壞才肯罷休一樣。這種性格從以前到現在都沒什麼改變，看來一個人的本性，在三年的歲月當中是很難有所成長的。

「按照我的指示畫線。沒錯，就是你。因為我得在遠一點的地方監督你，看看你有沒有畫好。啊，那邊歪了啦！你在搞什麼!?」

她竟然可以這樣臉不紅、氣不喘地，對一個素昧平生的高中生頤指氣使，果然是如假包換的春日。要是我第一次遇見這種國中女生的話，我大概會認為她是危險的神經病吧？

如果，是在遇到長門、朝比奈以及古泉之前的話。

我按照春日的指示，在運動場上時左時右地畫著白線。在這將近三十分鐘當中，既沒有值夜班的老師出現，警方的巡邏車也沒有接到附近居民的通報，前來一窺究竟。

谷口所說的突然出現在運動場上的謎樣訊息，難不成就是我寫的？

我默默地望著自己辛苦描繪出來的圖案。這時春日來到我旁邊，一把搶走畫線機。她一邊微調似地加上線條，一邊說道：

「喂，你認為有外星人存在嗎？」

好突然。

「應該有吧？」

我的腦海裡浮現長門的臉孔。

「那麼未來人呢？」

「唔，就算有也不奇怪啊。」

現在我自己就是未來人。

「那超能力者呢？」

「我想到處都有吧？」

無數的紅色光點掠過我的腦海。

「異世界人呢？」

「我還沒認識這種人。」

「哼。」

春日將畫線機一把丟開，用肩頭擦拭沾滿白色粉末的臉。

「嗯，可以了。」

我開始感到不安。難道是我說了不該說的話？春日吊著眼睛看我：

「你穿的是北高的制服吧？」

「是啊。」

「你叫什麼名字？」

「約翰．史密斯。」

「……你白痴啊？」

「就讓我匿名一下會怎樣？」

「那個女孩子是誰？」

「我姊姊。她罹患了一種『猝睡症』。這已經是老毛病了。她隨時隨地都會睡著，所以我得扛著她走。」

「哼。」

春日一臉不相信的表情，咬著下唇轉向旁邊。換個話題吧。

「對了，這到底是什麼？」

「看也知道吧？是訊息啊。」

「給誰的？不會是給牛郎和織女星的吧？」

春日很驚訝地反問道：

「你怎麼會知道？」

「……唉，畢竟是七夕嘛。我只是認識某個人，做過類似的事情。」

「哦？真想認識那個人。北高有那樣的學生嗎？」

「嗯。」

現在還有以後，企圖做這種事情的都只有妳一個。

「嗯，北高啊……」

春日若有所思地嘟噥著，好一陣子像醃菜石一般沉默，下一瞬間卻又突然轉過身去。

「我要回去了。我的目的已經達到了。再見。」

她邁開大步走開。連一句謝謝都沒有嗎？真是沒禮貌到極點，不過也確實是春日的作風。

而且，她一直到最後都沒有自報姓名。我總覺得，也還好她沒說。

總不能老待在這種地方，於是我把朝比奈叫醒。當然是在把春日棄置不理的拖車和石灰收回倉庫後面之後。

睡臉像小貓一樣的朝比奈，雖然可愛得讓人忍不住想從事不軌行為，但是我極力忍住這股衝動，慢慢地上下搖晃她的肩膀。

「唔……呼。咦？……」

睜開眼睛的朝比奈不斷地張望四周。

「咦！」

她一邊驚叫，一邊站起來。

「這、這、這……裡是什麼地方？為什麼？現在是什麼時候？」

我該怎麼回答她呢？正當我在腦海裡摸索著答案時，朝比奈突然尖叫了一聲「啊」。即使在黑暗中，我依然可以看到她白皙的臉孔漸漸變得鐵青。

朝比奈用兩手摸索著自己的身體。

「ＴＰＤＤ……不見了。找不到～」

朝比奈露出一臉泫然欲泣的表情，過了一會兒就真的哭起來了。她用手摀著眼睛哭泣的樣子，就像迷了路的小孩一樣。但是，現在不是笑瞇瞇地欣賞她的時候。

「ＴＰＤＤ是什麼？」

「嗚～……根據禁止項目，我是不該說的……是像時光機一樣的東西。我是用那個東西來到這個時代的……現在找不到了。沒有那個東西，我們就回不到原來的時間了……」

「那怎麼會不見了？」

「我不知道……不應該不見的……但是真的不見了。」

我想起碰觸過她身體的另一個朝比奈。

「會不會有人來幫忙——」

「不可能的。嗚～」

淚眼婆娑的朝比奈說明給我聽。時間平面上的既定事實應該都已經決定了，因此如果ＴＰＤＤ存在的話，就應該在她手上；而現在這個東西不在她身上，那就表示這已經是既定的事實，所以「沒有」是已經決定的事……諸如此類的。什麼跟什麼啊。

「也就是說，我們會怎麼樣呢？」

「嗚、嗚、嗚。也就是說，保持現在這個樣子，我們會留在三年前的時間平面上，沒辦法回到原來的時空。」

這可是很嚴重的事啊！我在心中這樣想著，但是卻欠缺一種危機意識。朝比奈大人版並沒有針對此事提出任何警告。搶走什麼TPDD的，製造出目前這種狀況的人應該就是她。我推斷，朝比奈（大）就是為了這個目的而來到過去的。對比這個朝比奈更未來的朝比奈而言，這是既定的事實。

我把眼睛從不斷哭泣的朝比奈身上移開，視線移向運動場。由春日構想、由我製造的謎樣白線，顯得非常凌亂。明天對事實一無所知的東國中師生看到這個東西，一定覺得很恐怖吧？我祈禱這些鬼畫符可千萬不要是什麼咒罵外星人的話……當我胡思亂想之際，天啟於此時降臨了。

四周一片黑暗，校園裡只有昏暗的街燈燈光朦朧地照射著。我所畫出來的白線面積太大，要是不拉開一點距離，根本看不出全貌。

所以說，我才會發現得太晚。

我摸索著口袋，拿出長門交給我的短箋。上頭畫著謎樣的幾何圖案。

「或許有辦法解決。」

我說道，朝比奈淚眼迷濛地看著我，我則繼續看著短箋。

上頭所畫的圖案，跟剛剛我跟春日一起在校園裡塗鴉的、想傳達到天際的訊息是一樣的。

我們火速離開東國中，來到車站前面一間分售的豪華公寓前面。

「這裡是……長門同學的家？」

「嗯。我沒有詳細問她什麼時候來到地球的，不過我相信她三年前應該就在這裡了……大概吧？」

我站在公寓大門口，試著按下708室的電鈴。對講器發出咚的一聲，顯示有人應門。隔著袖子，可以感受到戰戰兢兢的朝比奈的手溫。我對著麥克風說：

「請問是長門有希同學的家嗎？」

『…………』對講機如此回答。

「啊，我也不知道該怎麼說才好……」

『…………』

「我是涼宮春日的朋友——這樣說妳懂了嗎？」

電線另一頭傳來凍結般的氣息。短暫的沉默，然後——

『進來。』

鏘的一聲，玄關的門鎖打開了。我帶著處於驚駭狀態的朝比奈搭進電梯。上到七樓，目標就是我以前曾經造訪過的708室。我將門一推，門隨即緩緩地打開。

長門有希就站在門內。我產生了一種迷失現實的感覺。我跟朝比奈跳回過去這件事，是真的嗎？

長門完全沒有改變，使我幾乎要產生這種懷疑。她穿著北高的水手服，面無表情地凝視著我的眼神，以及讓人感受不到體溫和氣息的無機質模樣，跟我所知道的長門完全沒兩樣。不過有一樣東西是最近的長門沒有、而眼前的長門有的，那就是我剛認識這傢伙時她所戴的眼鏡。

這個長門的臉上，戴著不知道什麼時候不再是眼鏡姑娘的長門以前所配戴的眼鏡。

「喲！」我舉起一隻手，露出一臉和藹可親的笑容。長門依然面無表情。朝比奈躲在我背後，不停地發抖。

「可以進來嗎？」

「…………」

長門默默地往屋子裡面走去。我把她的動作解釋成ＹＥＳ，准許我跟朝比奈進屋去。我們脫下鞋子，走向客廳。跟三年後沒什麼兩樣，房間還是一樣空空蕩蕩。長門動也不動，等著我們進來。無可奈何之餘，我決定繼續站著，把事情說明給她聽。該從哪裡說起呢？從和春日認識的開學典禮那一天開始說起嗎？那可是一段好長的故事呢。

我一邊省略各個細節，一邊做了大致的說明。沒有一絲感情的視線，透過眼鏡凝視著我。我大約講了五分鐘的時間吧？雖然我個人認為，這段春日故事的摘要實在不得要領。

「……就是這樣。三年後的妳，給了我這個東西。」

長門目不轉睛地看著我拿出來的短箋，手指頭在那些奇怪的文字上游移著，就像在讀取條碼一樣。

「了解了。」

長門簡單地點點頭。是真的嗎？等等，發生了一件更讓我在意的事情。

我把手抵在額頭上想著。

「我跟長門的確早就認識了，但是那是三年後……今天的妳……也就是現在的妳，應該是第一次跟我們碰面的，對不對？」

連我自己都聽不懂，我到底在說什麼。但是長門卻鏡片一閃，若無其事地、淡淡地回答：

「是的。」

「那麼……」

「進入異時間同位體的符合記憶許可申請，下載時間連結平面帶動可逆性越境情報。」

什麼東東啊？

「存在於距離現在三年後的時間平面上的『我』，跟存在於目前時間的這個『我』，是同一個人。」

那又怎樣？不就是這樣嗎？但是也不該因為這樣，三年前的長門和三年後的長門就擁有共同的記憶啊。

「的確擁有。」

怎麼辦到的？

「同期化。」

唔，我還是不懂。

長門不再回答，只是慢慢地拿下眼鏡。沒有任何感情的雙眼，抬起來看著我眨了眨。那確實是我已經再熟悉不過的、書蟲少女的臉。是我認識的長門有希。

「妳為什麼穿著北高的制服？妳已經入學了嗎？」

「沒有。目前我是待機模式。」

「待機……妳打算待機將近三年嗎？」

「是的。」

「那可真是……」

好有耐心啊。不覺得無聊嗎？可是長門卻搖搖頭說：

「這是任務。」

清澈的瞳孔筆直地看著我。

「移動時間的方法不只有一種。」

長門用不帶一絲感情的聲音說道：

「ＴＰＤＤ只是一種控制時空的裝置，具有不確定性和原始性。關於時間連續體的移動過程，存在著各種不同的理論。」

朝比奈重新握緊我的手。

「請問……那是什麼意思？」

「使用ＴＰＤＤ進行有機情報體的轉移是被允許的，但是會產生噪音。對我們而言，那並不是完美的東西。」

所謂的我們是指資訊思念體吧？

「長門同學可以用完全的形體做時間跳躍嗎？」

「形體是不必要的。只要同一個情報能夠往返就夠了。」

在現在、過去、未來之間來來往往啊……

要是朝比奈做得到的話，或許對長門來說也不是什麼難事，因為長門應該擁有比較充分的能力。不僅如此，我也開始懷疑：和長門及古泉相較之下，朝比奈是不是最狀況外的那個人？

「那就好了。」

我介入朝比奈和長門之間。現在不是悠然討論時光旅行的時候吧？問題在於要怎麼做，我跟朝比奈才能回到三年之後。

可是，長門只是簡單地點點頭說：

「可行。」

然後站了起來，打開通往客廳旁邊的房間紙門。

「這裡。」

那是一間鋪著榻榻米的和室，除了榻榻米之外別無其他東西，顯得很寂寥，不愧是長門家的一部分。這些我都可以理解，但是她把我們帶到這間客房到底是要怎樣？難道時光機器就藏在某個地方嗎？正當我滿腹疑問時，長門從櫥櫃裡拿出墊被，開始鋪了起來。而且還鋪了兩床墊被。

「是不是我想太多了……難道妳要我們睡在這裡？」

長門抱著棉被回頭看我。我跟朝比奈的身影，就映在她那像水晶一般的瞳孔當中。

「是的。」

「這裡？跟朝比奈？我們兩個？」

「是的。」

我斜眼一看，只見朝比奈怯生生的，而且一張俏臉漾起了紅暈。那是當然的反應吧？但是長門卻一點都不在乎。

「睡吧。」

別這麼單刀直入嘛！

「只是睡覺而已。」

唉……我本來就這麼打算啊。我跟朝比奈不由得面面相覷。朝比奈紅著臉，我則聳聳肩。我們只能找到長門幫忙。既然她要我們睡覺，那就睡吧！如果一覺醒來就發現置身於本來的世界，這倒算是很簡單的方法。

長門伸手摸上牆上的電燈開關，口中唸唸有詞。當我想著「她應該不是跟我們道晚安」，此時啪的一聲，燈熄了。

那就睡吧！我蓋上了棉被。

就在這個時候，燈又亮了。日光燈啪啪啪地閃著，正在穩定光量。咦？這種奇怪的感覺是什麼？窗外是跟剛剛一樣漆黑的夜空。

我支起上半身，朝比奈也用兩手拉住蓋被的一端起了身。

那端整而童稚的臉上滿是困惑的表情，兩隻眼睛對我投來「？」的記號，我當然沒辦法回答她。

長門站在那邊。跟剛才一樣，手摸著牆上的開關。

我覺得那張臉不像平常的長門，好像帶著近似感情的東西。我定定地看著那張白皙的臉。

那是明明想傳達什麼訊息、卻又因為某種內心糾葛而無法暢所欲言的表情，細微到除非長期看慣了這傢伙的面無表情否則會無法辨認。雖然我不敢保證不是我的心理作祟。

旁邊響起吸取空氣的聲音，我轉頭一看，只見朝比奈正在操作戴在右手手腕上的液晶手錶。

「咦？不會吧……咦？真的嗎？」

我瞄了她的手錶一眼。那不會就是所謂的ＴＰＤＤ之類的東西吧？

「不是，這只是一般的電波手錶。」

就是那種按照標準時間電波自動對時的東東嗎？朝比奈很高興地微笑著說：

「太好了，我們回來了。我們出發的時間是七月七日……的晚上九點半過後。真的是太好了……呼！」

她發出了打從心底鬆了口氣的聲音。

站在門口的長門就是那個長門。如果要以有沒有戴眼鏡來區分的話，她確實就是後來那個稍微軟化了一點的長門有希。見到三年前的她之後，我終於了解了。眼前的長門，確實比我被春日帶去文藝社團教室時見到的長門多了一點變化。那種變化之細微，大概連她本人都沒發現吧？

「可是，妳是怎麼做到的？」

長門用絲毫不帶感情的語氣，對一臉茫然的朝比奈說：

「將選擇時空間內的液體結合情報凍結，置於已知時空間連續體的符合點，然後解除凍結。」

她說著讓人摸不著頭腦的話，停頓了一下又補充道：

「那就是現在。」

朝比奈作勢要站起來，兩邊膝蓋卻又癱軟了下來。

「難道……怎麼會……有這種事……長門同學，妳……」

長門默不作聲。

「怎麼了？」我問道。

「長門同學——讓時間靜止了。可能把這個房間連同我們的時間凍結了三年之久，一直到今天，才解開時間的凍結是吧……？」

「是的。」長門應了一聲，點點頭。

「真不敢相信。竟然可以讓時間靜止……哇哇哇～」

朝比奈全身無力地癱著，吐了口氣。

我心裡想著，看來，我們是平安地回到三年後了。光看朝比奈的反應就可以確定，因為她是一個表裡如一的人。這倒無所謂。我就姑且相信從三年前回到原來的時間的理由，甚至讓時間靜止這種把戲吧。現在的我已經具有足夠的包容力，不管發生什麼事，我大體上都可以接受了。這也好，遇到的都是好事——但是。

我並不是第一次造訪長門的家。一個多月前，她曾經邀請我來過，但是當時我只到過客廳，並沒有進入這間客房，也不知道她家有這樣的房間。所以，嗯——也就是說，這是怎麼一回事？

我看著長門。長門看著我。

——也就是說，當我第一次來訪，聽她談起電波之類的事情的時候，隔壁房間裡正躺著另一個『我』。

這是怎麼一回事？照邏輯推演不就應該這樣？

「是的。」長門說。頓時一陣暈眩席捲而來。

「……喂，總之，妳在那個時候就知道大概的發展了？包括我，包括今天發生的事情？」

「是的。」

站在我的立場來看，我和長門第一次見面，是在春日想到要成立ＳＯＳ團的那個新綠季節。可是長門卻早在三年前的七夕那天，就已經見過我了。對我而言是剛剛才發生的事情，但是她卻告訴我已經過了三年。我覺得自己快要瘋掉了。

我跟朝比奈此時變成了哥倆好，兩個人都一臉茫然。我一直覺得長門很有一手，可萬萬沒想到她甚至會讓時間靜止。這麼一來，她豈不是無敵女超人了？

「也不盡然。」

她做出了否定的動作。

「這一次是特別的，是特例，是緊急模式。鮮少發生，除非有相當重要的事。」

至於那個相當重要的事就是我們了。

「謝謝妳，長門。」

我先謝過再說。雖然我只能這樣表達謝意。

「無所謂。」

一點也不和藹可親的長門點點頭，然後把那張畫著幾何圖案的短箋遞給了我。我接過來一看，紙質很明顯地差了許多，就好像紙張放了三年之久會變成的感覺。

「對了，關於這張短箋上的圖案，妳能唸給我聽是寫些什麼嗎？」

我若無其事地問道。我不認為有誰能唸出春日所寫的胡亂訊息，所以自以為這應該只是一個玩笑。

「我在這裡。」

長門回答道。我頓時虛脫了。

「上面是這樣寫的。」

我有點陷入混亂。

「難道……那些地畫（註：位於秘魯納斯卡平原上的巨大圖案，據推測兩千年前已經存在，是南美洲古文明之謎）或者像符號之類的東西，該不會都是某種外星語言吧？」

長門沒有回答。

我跟朝比奈離開了長門的家，一起在月明星稀的夜空下走著。

「朝比奈學姊，妳要我前往過去是有什麼意義嗎？」

朝比奈做出拚命思索的樣子，最後抬起頭來，用輕得不能再輕的聲音說：

「對不起。我……其實……嗯……不是很清楚……我就像……最末端……不是，下層……不，就像實習生一樣……」

「但是妳卻待在春日身邊？」

「因為，我從來沒有想過會被涼宮同學逮去參加社團嘛。」

她有點鬧彆扭似地說。朝比奈學姊，妳這樣的表情也好可愛哦。

「我只是聽從該說是上司或者是上頭的人……的指示。所以，我也不知道自己所做的事代表什麼意義。」

看著羞答答的朝比奈，我心想著：那個所謂的上司，會不會就是大人版朝比奈啊？這是個沒有根據的想法。我所認識的未來人只有正常的朝比奈和她，也難怪我會這麼想。

「是嗎？」

我歪著頭嘟噥著。

可是，我還是不懂。既然那個大人版朝比奈是前來給我暗示的，那麼她應該知道我們之後會發生什麼事才對。可是，她好像也從未告訴現在這個朝比奈任何事情。這是怎麼回事？

「唔～」

再怎麼想破頭也沒用。朝比奈不懂的事，我更不可能猜得透。長門也說過，時間移動有各種不同的過程之類的。未來人應該有屬於未來人的規則或法則吧？希望哪天有人能教教我，當一切都塵埃落定時。

我跟朝比奈在車站前分道揚鑣。嬌小的人影一再地對我致謝，同時無限婉惜似地離去了。直到看不到她的身影，我才開始往回家的路上走著，這時我才注意到我把書包留在社團教室了。

第二天，也就是七月八日。就我的認知而言，確實是第二天；但是以我的肉體來說，似乎已經有三年又一天沒到學校了。空手上學的我直接前往社團教室，找到自己的書包之後走向教室。朝比奈可能比我早到吧？她的書包已經不見了。

到了教室後，看到春日已經坐在教室裡，一臉正經地眺望著窗外，渾身散發出等待外星人哪天降臨似的氣息。

「怎麼了？打昨天起妳就顯得很憂鬱。半路上亂撿有毒的香菇吃嗎？」

我一邊說，一邊坐了下來。春日刻意重重地嘆了一口氣。

「沒什麼。只是因回憶而憂鬱罷了。我在七夕的季節有一些回憶。」

我不禁感到不寒而慄。可是至於是什麼回憶——我並沒有追問。

「是嗎？」

春日又把頭別開，觀察雲的變化。我聳了聳肩。我不想去點燃炸彈的引線。只要是有見識、有常識的人，都會採取這樣的行動。

放學後，文藝社教室又成了ＳＯＳ團的地下基地。

春日只丟下一句「把竹葉處理掉，已經沒用了」就走人了。被丟在桌上、寫著『團長』的臂章顯得格外落寞。唉，明天她一定又會變回原來那個腦筋不正常的女人，交待我們做一些不合情理的事情。她就是這樣的人。

也沒見到朝比奈，教室裡只有長門有希以及跟我下棋的古泉。我敵不過熱切從事「傳教」活動的古泉，答應讓他教我如何下西洋棋。

本來我以為古泉是因為黑白棋下得不好，所以才帶西洋棋來的，不過看來我是推測錯誤了。古泉下西洋棋跟黑白棋一樣，功力奇差無比。

我一邊用自己的騎士吃下古泉的棋子，一邊看著面無表情卻津津有味地盯著棋盤的長門的側臉。

「我說長門啊，我完全不懂耶，朝比奈確實是未來人對吧？」

長門慢慢地歪起了頭。

「是的。」

「可是，我對於前往過去和回到未來的過程，總覺得有些前後矛盾的感覺……」

那是當然的。要是說過去和未來沒有連續性的話——如果我們前往三年前，在那邊一直沉睡，然後回到現在的話，那麼我們現在所處的『這裡』應該就跟我們出發的來自『昨天』的世界不相同了。可是就結果而論，我卻賦予了春日不該有的智慧，而這個智慧把春日引到北高來，更讓她對人類以外的生物產生興趣……這種可能性是存在的。

如果我沒有前往三年前的話，或許所有的事情都不會發生了。再加上從大人版朝比奈的語氣聽來，她似乎對事情知之甚詳。也就是說，過去和未來確實是有連續性的。這跟之前朝比奈的說明是互相矛盾的。我再怎麼笨，起碼也會動動這種小聰明。

「因為沒有矛盾的公理式集合論，是不能證明自己的無矛盾性的。」

長門淡淡地說道，然後露出「這樣說明應該很足夠了吧」的微妙表情。妳可能覺得這樣說明就很夠了，但是我卻一點都聽不懂。長門仰起她白皙的脖子，看著我說：

「到時候就懂了。」

說完，她就回到她一向坐慣的位置，重新投入書的世界。倒是古泉這時開口了：

「就是這麼回事。現在我的國王被你的城堡給將軍了，真是傷腦筋啊，我該逃到哪個地方呢？」

古泉一邊說著，一邊抓起黑色國王，倏地放進他制服的胸前口袋裡，然後像魔術師一樣攤開兩手：

「喏，我的這個行動哪裡有矛盾呢？」

我一邊用手指頭把玩著白色城堡，一邊想著：我既不想陪你玩像傻瓜一樣的禪問遊戲，也無意說一些抽象而無聊的話來滿足自己的虛榮心。所以，我是不會回答這個問題的。

總之——春日不折不扣是一個矛盾的人，這點無庸置疑，而這個世界也一樣。

「況且國王對現在的我們而言，並沒有什麼價值，比較具有重要性的其實是皇后呢。」

我將白色城堡放到黑色國王消失的棋格上。皇后騎士8。

「……我不知道接下來會發生什麼事情，不過我只希望別再是讓我大傷腦筋的事情了。」

長門沒有回答，古泉則一臉微笑地說：

「我覺得平安無事是最好的，難道你覺得有事情發生比較好嗎？」

我哼著鼻子，在勝負表上寫有我名字的欄位上畫上一個○。

神秘信號

果然如我所預期，春日在期末考期間就從憂鬱的狀態中恢復過來，一言一行又變得任性無比。至於我，則被反作用釋放出來的憂鬱色彩傳染，陷入一片愁雲慘霧。尤其是每當考卷一發下來，情況就更形惡化。大概只有谷口能夠共享我的憂鬱吧？他是我在期中考期間，一塊兒最低空飛越紅字雷達掃瞄的的好戰友。人這種生物，往往都希望有一個至少比自己笨的人存在。只要有這種人在身邊，相對地就會覺得安心許多。雖然以現實角度來看，真的沒什麼好安心的。

坐在我後面、同樣也參加考試的春日，不知道為何卻時間很充裕似地，總在考試結束的三十分鐘前就趴在桌上呼呼大睡了。

真是氣死我也。

一般而言，考試期間所有的社團活動都必須中止，一直到今天放學後才能重新展開；可是不知道為什麼，ＳＯＳ團在沒有任何人請託的情況下竟然全年無休，昨天和前天都還照常營業。學校建立的理論，似乎不適用於ＳＯＳ團的社團活動。那是當然的，這個團從開始的第一步就是一個錯誤。這個謎樣的團體根本不是社團活動，所以不遵守規定也完全沒問題。這是春日的理論。

前幾天也一樣。難得在我的學習欲望達到最高點的絕佳時機，卻被春日拉住袖子，硬是帶到社團教室去。

「你看看這個。」

春日邊說邊指給我看的，是之前從其他社團搶來的電腦螢幕。

我沒辦法反抗，只好乖乖地看了。繪圖軟體顯示出一些我看不懂的塗鴉。在一個圓圈當中，有一些好像喝醉酒的條蟲蜷曲在一起形成的鬼東西，不知道是圖是字還是什麼象形文字，看起來就像幼稚園小朋友畫出來的東西。

「這是什麼？」

我率直地問道。

春日的嘴巴頓時嘟成尖尖的鴨子嘴：

「看不懂喔？」

「不懂，一點都不懂。相較起來，今天的現代國文考試還比較好懂。」

「你在鬼扯什麼？現代國文的考題不是很簡單嗎？那種問題連你老妹也能考滿分。」

這種話聽了真教人火大。

「這是我們ＳＯＳ團的徽章。」

SOS団

春日回答，露出完成了偉大成就似的得意表情。

「徽章？」我問道。

「沒錯，徽章。」春日說。

「這個嗎？這種東西看起來就像熬夜一整晚、連續兩個月連休假日也要上班、一直升不上去的副科長，一邊喝小酒解宿醉一邊走路留下來的腳印。」

「你看清楚啦！你瞧，正中央不是畫了ＳＯＳ團嗎？」

經她這麼一說，我仔細一瞧，這個東西不知道是不是心理作用、看起來也不能說不像ＳＯＳ團、但是又不敢大聲肯定是什麼東西。以上我到底用了幾個否定句呢？我自己是懶得算了，哪個吃飽沒事幹的人幫我算一下。

「最閒的不就是你嗎？反正考試時你也不念書的。」

剛剛我還充滿想好好念書的衝勁的。不過聽她這麼一說，事實倒也是這樣。

「我想把這個登在ＳＯＳ團網站的首頁。」

經她這麼一提，我想起確實是有這個東東。雖然是只有首頁的可憐網站。

「上站人數一直沒有增加，我覺得好遺憾喲。也沒有什麼神秘的ＭＡＩＬ寄過來。都是因為你從中作梗的關係。我本來想用實玖瑠的色情圖片，來招攬客人的說。」

朝比奈所有的女侍照片都是屬於我的，我不想讓其他任何人看到。這個世界上，可是真的有用錢買不到的無價之寶啊。

「你製作的這個網站，真是一點用處都沒有，完全沒有能夠炒熱氣氛的東西。所以我就想到了，如果貼上SOS團的象徵之類的東西，會不會比較好一點？」

乾脆就從網路上撤掉吧？不小心點進這個白痴網站的人，實在太可憐了。既沒有內容、也沒有更新，有的只是寫著『歡迎光臨SOS團網站！』的圖檔、郵件地址還有造訪人數資料。造訪人數不但沒有達到三位數，當中還有九成都是春日自己進入去充場面的。

我望著春日啟動的瀏覽器上，映出我親手製作的網頁。

「寫些妳的日記如何？記錄業務內容是團長的工作吧？連太空船的船長都要寫航行日記的。」

「不要，那太麻煩了。」

我也不想做那種麻煩事。就算真來描寫一整天的活動內容，恐怕也只有長門看了什麼樣的書、我和古泉下棋贏了幾局、朝比奈今天也一樣可愛、或是春日妳給我閉上嘴乖乖坐好之類的無聊事吧？寫起來就讓人不怎麼快樂的事情，怎能巴望看的人會覺得愉快呢？所以，我不做這種對任何人而言都不算娛樂的蠢事。

「我說阿虛，你把這個徽章貼上網站的首頁。」

「妳自己做吧！」

「我不知道怎麼弄嘛！」

「那就自己去查呀！遇到不懂的事就要別人去做，那妳永遠也學不會。」

「我可是團長耶！團長的工作就是下命令。再說，要是我把所有的事情都包下，那你們不就沒事做了嗎？多少也動一動你的腦袋嘛！只會做別人交待的事情，人類是不會進步的。」

到底妳是要我做還是不要我做？請正確使用文法！

「別囉唆了，反正你做就是了。我可不會被你這種狡辯耍得團團轉。會喜歡聊這種廢話的，只有西元前那些閒閒沒事幹的希臘人啦。哪，快點！」

春日那種像凌晨時分的烏鴉一樣聒噪的聲音，再繼續聽下去有傷我的耳朵，所以我只好心不甘情不願地啟動ＨＴＭＬ編輯器，將春日大畫家所畫的、像小孩子打發時間時信手塗鴉的圖案縮成適度大小，然後貼在檔案上，直接上傳。

我重新整理瀏覽器做確認。完全沒有必要存在的ＳＯＳ團徽章，似乎已經在網路世界留下了它的足跡。我瞄了一下造訪人數的數字，還是保持兩位數。再這樣下去，這個網站可能會成為專供春日觀看的網站了。真不想讓人知道，製作這種白痴網站的就是我本人。

每天因為這種雜事而被挑起的憂鬱心情，總算在今天告一段落，明天起就要開始短暫的休息了。這個休假的名稱叫做溫書假。這是暑假之前的準備期，大概也是為了讓老師有時間在我的試卷上打上大大的紅×。

可惡，真是不爽。

老是煩悶也於事無補，於是我前往SOS團不止霸佔、甚至將其秘密地下組織化的文藝社教室。至少看看朝比奈，還可以調劑一下我的心情。

長門默默地看著書，古泉面露微笑地一個人下著西洋棋，朝比奈穿著女侍服為大家服務，春日不時說著一些莫名其妙的話、要不就是又叫又跳，而我則不耐地聽著她的聒噪，這樣的場景是最近常有的模式。

說是最近，其實我覺得打一開始就是這個樣子。

我懷著沮喪的心情敲了敲門。我原本期待會聽到朝比奈用發音不甚清楚的聲音回應著「哪位～」，沒想到從教室湧出來的，卻是春日馬馬虎虎虛應的聲音：

「請進！」

走進一看，竟然只有春日一個人。她將手肘支在團長桌上，操作著利用威脅手段讓電腦研究社乖乖奉上的電腦。

「怎麼只有妳一個？」

「有希也在啊。」

長門確實坐在桌子一角，攤開書本、一如往常化身成一動也不動的裝飾品。那傢伙就像是這個教室的附屬品，所以不用算進去。她並沒有答應要加入ＳＯＳ團，而且她真正的頭銜是文藝社成員。不過，現在還是改口為妙。

「搞什麼，只有妳跟長門哦？」

「是啊，有什麼不滿的嗎？我是這裡的團長，有話就對我說吧！」

如果要把我對妳的不滿一一列舉出來的話，可是會將一張Ａ４紙的兩面都寫得滿滿的哦。

「我才失望呢！還敲什麼門，害我以為一定是有客人來了。不要混淆視聽好不好？」

我只是小心謹慎一點，以避免不小心撞見朝比奈換衣服的場面啊。因為那個糊里糊塗又可愛的可人兒，總是記不住要把門上鎖。

再說，哪有什麼客人？哪種客人會造訪這間教室？

此話一出，春日帶著輕蔑的表情凝視著我說：

「你不記得了嗎？」

我不由得猛然一驚。不會是要說三年前的七夕那件事吧？

「不是你幹的好事嗎？在沒有獲得我許可的情況下。」

到底是什麼事？

「就是你貼在社團教室大樓的公佈欄上的海報呀！」

啊，是那個啊？我不禁安心地吐了口氣。

為了讓學生會承認ＳＯＳ團的存在，我曾經憑空捏造了一套活動方針。我認為「尋找神秘事件的團體」這種名號太不具說服力，為了讓ＳＯＳ團存續下去，所以我以煩惱諮商室的名義向學生會提出申請。雖然結果是被執行部的那些人問說腦袋是不是有問題，最後不了了之就是了。

但是，我已經用手寫的方式製作了海報。我不記得內容寫了些什麼，大概是「接受諮詢」之類的吧。因為好歹是費盡苦心製作的，所以我把它貼在最顯眼的公佈欄上。我料想，反正不會有看了海報想來ＳＯＳ團諮詢的那種頭殼壞掉的人。我的推測是正確的，到目前為止，連半個委託人都沒有，這真是太理想的情況了。

話又說回來，難道春日還記得這件事，真的在這邊等客人來嗎？今天回去時順便把海報撕下來好了。如果真的有學生找上門的話，那可是挺麻煩的呢。

我心中暗自下了決定。這時春日一邊滾動著滑鼠，一邊說：

「倒是你過來看看這個。我覺得很奇怪，會是電腦出了問題嗎？」

我站到春日旁邊看著電腦螢幕。螢幕上映著的是我們ＳＯＳ團的網頁，但是跟我所做的網頁有點不一樣。春日所畫的塗鴉似的徽章，彷彿經過皺褶處理似地扭曲了，而計算器和標題也不翼而飛。我試著按重新整理，結果還是一樣，依然顯示出好像打上馬賽克似的異常圖檔。

「不是這邊電腦的問題。可能是放在伺服器裡的檔案亂掉了。」

我對網路不是很清楚，但是至少懂這一點。因為我用瀏覽器看過存在硬碟的網頁，發現是正常的。

「這種情形是什麼時候開始的？」

「這個我就不清楚了，因為這幾天我只是檢查有沒有信件，並沒有看網站。今天打開一看，就變成這個樣子了。這種狀況該到哪裡去申訴啊？」

用不著申訴，修改是很簡單的。我從春日手中搶過滑鼠來操作，將所有儲存起來的首頁檔案，覆蓋過位於伺服器上的同名資料。我試著重新顯示。

「咦？」

網站仍然有問題。我反覆操作了幾次，結果還是一樣。看來，是發生了我無法解決的電腦技術方面的異常現象。

「很奇怪對不對？是那個嗎？就是傳聞中的病毒或駭客之類的嗎？」

「不會吧？」我否定了這項推測。我很難想像，會有人閒到想入侵沒有跟任何地方連結、也沒有人會看的網站。

「氣死人了。會不會是有人對ＳＯＳ團發動網路攻擊？到底是誰啊？被我揪出來的話，一定要在不經過審判的情況下，判他三十天的社區服務！」

我把視線從裝腔作勢罵著人的春日身上移開，看著彷彿穿上了不透明光學迷彩服的長門。

我心想，這傢伙應該可以幫忙想想辦法吧？我擅自在心中將長門定位為一個電腦高手，雖然我從來沒看過她操作電腦。不對，或許該說除了看書之外，我沒看過她做其他任何事。

這時，響起敲門聲。

「請進！」

春日回應了一聲，進門的是古泉。他帶著一如往常的清爽笑容。

「啊，真是難得，朝比奈還沒有來嗎？」

「二年級不是還有考試嗎？」

我們一年級期末考最後一天只考三堂，大家乾脆回家就好了，幹嘛每個人都聚集到這裡來啊？難道我的朋友就少到這種地步嗎？還有，春日怎麼沒有針對敲門一事責罵古泉呢？

古泉將書包放在桌子旁邊，從櫥櫃裡拿出跳棋遊戲的棋盤，然後看著我，一副邀我來一盤的表情。我搖搖頭，古泉只好聳聳肩，一個人開始玩起跳棋。

真期待喝到朝比奈泡的茶啊。

咚咚。

又有人敲門。當時我正坐在團長桌子前，和ＦＴＰ軟體展開奮戰。春日就站在我後面，不時發出牛頭不對馬嘴或是靈機一動想到的點子之類的要求，強迫我做解答。

所以那個敲門聲，對我來說簡直就是救命恩人。

「請進！」

春日大聲地說。門打開了。按照順序來說，來人應該是朝比奈吧？

「啊，對不起，我來遲了。」

恭恭謹謹地道著歉現身的，就是無翼天使朝比奈。

「因為第四堂課還有考試……」

她一邊說著一些根本沒必要說的理由，一邊有點猶豫似地站在門口附近。但不知為何她仍不進來，卻吞吞吐吐地說：

「嗯，那個……」

我們的視線都集中到朝比奈身上。發現連長門都看著自己的朝比奈，畏畏縮縮地往後退了一步，然後下定決心似地說：

「那、那個……我帶了客人來。」

這位客人叫做喜綠江美里，是一個溫順內向、感覺很清純的二年級女生。

現在她把視線固定在朝比奈所泡的茶水的表面，頭也不抬地坐著。朝比奈像在陪伴著她，坐在一旁的椅子上。她並沒有換上女侍裝，讓我覺得有點遺憾。

「這麼說來，妳——」春日帶著面試官似的表情，咕嚕咕嚕地轉著原子筆。面對兩個二年級學生，她用不可一世的語氣說：

「希望我們SOS團，幫妳尋找行蹤不明的男朋友？」

春日將筆夾在上唇，交抱著雙手，做出思考事情的動作，但是我比誰都清楚，她是極力忍耐著不讓自己笑出來。

該怎麼說呢？已經樂觀地認命說絕對不會有人上門，沒想到來進行煩惱諮詢的第一號人士就出現了。對春日而言，這應該是值得雀躍的狀況吧？

「是的。」喜綠學姊對著茶杯說道。

我跟長門還有古泉在一旁看著。春日面對兩個二年級學姊，裝模作樣似地嘟噥著：

「唔～」

同時對我使了使眼色。

我深深地痛恨起自己的多事。我幹嘛製作那種海報啊？我在上頭寫著什麼東西來著？接受無法對他人訴說的煩惱諮詢……是這樣的嗎？但是，我沒想到會有學生把它當真，平常人照理說會一笑置之吧？

但是不管是否當真，至少喜綠學姊看了海報之後，似乎把ＳＯＳ團的活動目的誤解為煩惱諮詢室或無所不辦的便利大師了。如果按照字面來看的話，真的會解讀成這樣的意思嗎？啊，我想起來了。我所捏造出來的活動內容是「解決學生在學校生活方面的煩惱、諮商服務、積極參與社區回饋活動」。就目前而言，沒有任何一項內容是跟ＳＯＳ團有關的。除了到草地棒球大賽中攪和過一次之外，我們什麼成果也沒有。

但是，喜綠學姊似乎因為看到了我突發奇想寫下來的海報，而發現到我們的存在，進而在苦惱之餘找上了同學年的朝比奈，於是兩個人便一起前來了。這件事情的始末大概就是這樣。

好，關於她的煩惱——

「他已經有好幾天沒來上學了。」

喜綠學姊不和任何人對望，目不轉睛地看著茶杯的邊緣說道：

「他是個很少請假的人，但是連考試都沒來參加，這未免太奇怪了。」

「打過電話了嗎？」春日問道。大概是為了不讓自己的嘴角露出笑意吧？她緊緊地咬住原子筆的尾端。

「是的，手機和家裡的電話都沒人接。我甚至到他家去看過了，但是門是上鎖的，也沒有人出來應門。」

「嗯嗯。」

幸災樂禍的人真是不可取，然而春日現在卻散發出愉快地幾乎要唱起歌來的氣息。也就是說，這個人就是個幸災樂禍的小人。證明完畢。

「妳男朋友的家人呢？」

「他一個人住。」

喜綠學姊仍然對著茶說話。我想，她的個性就是沒辦法看著別人的眼睛說話吧。

「之前聽說他的父母都住在國外，但是我不知道怎麼聯絡。」

「哦？國外？加拿大嗎？」春日問。

「不是，我記得是宏都拉斯。」

「哦——宏都拉斯啊？原來如此。」

什麼原來如此。我懷疑妳知不知道那個國家在哪裡？嗯……是在墨西哥下面嗎？

「屋裡感覺不出有人，我利用晚上的時間去拜訪過，裡面也是一片漆黑。我好擔心。」

喜綠學姊很刻意似地淡淡說道，接著用兩手摀住臉。春日扭曲著嘴唇說：

「嗯。我可以理解妳的感受。」

胡說八道！妳是不可能了解一個戀愛中少女的心情的。

「話又說回來，妳竟然會找上我們ＳＯＳ團。可以先告訴我妳的動機嗎？」

「嗯，他經常談起你們，所以我就記住了。」

「啊？妳的男朋友是誰？」

春日問道。喜綠學姊說出了那個男學生的名字。我覺得似曾耳聞，但是又覺得並不認識他。春日也皺起眉頭。

「他是誰啊？」

喜綠學姊以微風般輕柔的聲音說：

「他說過跟ＳＯＳ團有鄰居之誼。」

「鄰居？」

春日抬頭看著天花板。喜綠學姊環視著歪著頭的我和朝比奈，還有古泉和長門，只是視線一直不跟我們正面相對。然後，又看著茶杯說：

「因為他是電腦研究社的社長。」

我完全忘了這號人物。原來是那個可憐的社長啊？就是那個被拍下對朝比奈進行性騷擾的相片（屈於強權之下），春日以此要求他讓出一台最新機種的電腦（出於無奈），最後甚至還要他含著淚水幫我們裝配線路的那個電腦研究社的可憐學長。不，沒必要憐憫他吧？有這麼一個氣質絕佳的女朋友，什麼事情應該都可以拋到腦後。對了，當時那個即可拍收到哪裡去了？

「嗯，我知道了！」春日三兩下就接受了委託。「我們會想辦法的。喜綠學姊，妳真是太幸運了。妳是第一個委託人，所以特別給妳免費的優待！」

如果收錢，就不算是校內服務活動了。但是，這真的是事件嗎？那個社長不會只是躲起來耍自閉而已吧？我是不知道有喜綠學姊這樣的女朋友，他還有什麼好不滿的；不過我想這種傢伙不必特別理他，等他自然痊癒就好了。

我當然沒有把這些話說出口。喜綠學姊將他的住址寫在便條紙上，然後踩著實體化的幽靈般步伐離開了教室。

我等目送她到走廊上的朝比奈回來之後，開口說道：

「喂，妳這麼輕易就接下這個任務恰當嗎？要是沒辦法解決的話怎麼辦？」

春日喜孜孜地轉著原子筆。

「沒問題的。那個社長一定只是罹患慢了兩個月發作的五月病（註：指每年於四月入學、入社的新鮮人，容易產生的精神不安定症候群）。我們只要潛進屋裡痛毆他幾拳，再把他拖出來就沒事了。簡單得不得了。」

她好像真的這麼認為。其實我也是這麼想的。

我問正在重新泡茶的朝比奈說：

「妳跟喜綠學姊熟嗎？」

「不熟，從來就沒有交談過。她是隔壁班的，所以頂多在上共同課程時打過照面。」

與其來找我們諮詢，其實去向老師或警方報告就可以了。唔，會不會是已經說過了？但是沒有人理她，所以她才找上朝比奈？我想應該是這種情況吧。

悠閒地喝著茶的我們沒有任何緊張感。春日極度地興奮，看來她是打算再賣力地召募委託人，一個一個來解決。她一邊哀嘆這學期所剩的時日不多，卻同時又強行要求啟動發送傳單的第二彈計畫。這個就免了吧！

長門啪的一聲闔上了書，因為我們獲派前去進行春日交待的調查工作。

電腦社社長獨居的地方是一棟雅房公寓。從座落的地點來看，主要的住戶大概以大學生為主吧？那是一棟不好也不壞的三層樓建築物，色調看起來不算新也不算舊，非常地普通而平凡。

春日手上拿著寫著地址的便條紙，大步走上階梯。我跟其他三個人只是默默尾隨在夏季水手服的後面。

「就是這裡吧？」

春日站在鐵門前面，確認門牌上的名字。喜綠學姊告訴我們的男友姓名，就插在塑膠盒裡。

「沒辦法打開嗎？」

春日旋轉著門把，確認門的確上鎖之後，便按下門鈴。這樣的動作順序是不是顛倒了？

「你覺得從後面爬上陽台怎麼樣？打破玻璃應該就進得去了吧？」

我祈禱她只是開玩笑這樣說的。這棟建築有三層樓，況且我們也不是闖空門的少年犯罪團體，我可不想這麼年輕就有前科啊。

「對了，去跟管理員借鑰匙吧？只要說我們是他朋友，擔心他的安危，應該會把鑰匙借給我們的。」

我知道妳最擅長扮演別人的朋友了。話又說回來，這位社長，你一個人獨居，竟然沒有配一把鑰匙給女朋友嗎？這就好像只留下茄子的蒂，卻將整顆果實給丟掉一樣。

一個清脆的聲音響起，我回頭一看，只見長門默默無言地握著門把。

「…………」

長門那像液態氦的眼睛凝視著我。她慢慢地拉開門，通往房間的門便打開了。屋內原本停滯的空氣，不知道為何竟然伴隨著一股寒冷氣飄到我們腳邊——我有這種感覺。

「咦？」

春日瞪大了眼睛，嘴巴張成半圓形。

「打開啦？我還真沒注意到呢。啊，隨便啦。那我們進去吧！我想他一定躲在床底下，大家等下就合力把他抓出來俘虜。如果他激烈抵抗的話，可以將他斃命無所謂。最壞的情況，只要把浸泡在蜂臘裡的腦袋交給委託人就可以了。」

她似乎對自己從對方手中搶來電腦一事，半點罪惡感都沒有。又不是莎樂美（註：聖經故事中一位公主之名，受母親唆使而要求父親砍下施洗者聖約翰的頭顱。這段故事被王爾德改編成戲劇，因而聞名於世），就算要了他的腦袋也不知道要放哪裡。

當仁不讓地湧進房裡的我們，發現雅房裡空無一人。連一隻蟑螂都沒有。春日檢查了浴室和床底下，但是沒找到半個人影。房間只有長門的公寓——而且是她的客廳的四分之一左右大小；不過和長門家裡那種一無所有的蕭條模樣相較之下，他的生活水準卻又有她的四倍之高。書架、衣櫥、類似矮茶几的桌子和電腦桌，都整理得乾乾淨淨、整整齊齊。我打開窗戶檢查陽台，只看到一台洗衣機。

「真是奇怪了。」

春日一邊在床上跳著，一邊不解地歪著頭。

「還以為他會抱著膝蓋、縮在牆角的。會不會到便利商店去了？阿虛，你知道還有其他什麼地方可以給這種自閉男躲的嗎？」

妳就這麼肯定電腦社的社長在耍自閉？難道不可能到中南美一帶去旅行嗎？或者真的跑去躲起來了？來這裡之前，應該去問問社長就讀班級的導師才對的。

我望著排列在書架上的電腦相關書籍，突然有人拉住我的襯衫背後。

「…………」

長門面無表情地仰望著我，把下巴往旁邊一抬。那是什麼意思？

「還是出去比較好。」

長門輕聲地對我說。這是我今天第一次聽到長門講話。春日和朝比奈沒有發現異狀，但是古泉卻把臉湊到我耳邊來：

「我也有同感。」

別說得這麼正經八百的，很噁耶。但是古泉帶著掩飾什麼事情的笑容，眼神裡卻沒有一絲笑意地說：

「這個房間讓我有種奇怪的異樣感。我知道有一種感覺跟這個很類似。雖然類似，但是本質上卻是不相同的……」

春日一邊擅自打開冰箱，一邊說著：「發現蒟菜麻糬（註：把蒟菜粉加上水和砂糖，凝固後撒上黃豆粉食用的日本甜品）！有效期限到昨天耶。太可惜了，我們把它吃掉吧！」一邊將包裝袋撕破。朝比奈戰戰兢兢地被迫試吃春日遞給她的便利商店零嘴。

我也很自然地壓低了聲音：

「類似什麼樣的感覺？」

「閉鎖空間。這個房間聞起來有跟那邊一樣的味道。不，味道只是一種比喻，應該說是觸覺吧？一種超越五感的感觸。」

我極力忍住不讓自己出於反射地吐槽——你是超能力者喔？說起來，這傢伙倒真是一個不折不扣的超能力者。

長門以幾乎沒有撼動空氣的聲音嘟噥：

「發現次元斷層。有人啟動了位相變換。」

我聽得懂才有鬼。

我很想這樣告訴長門。我擔心萬一長門突然露出悲哀的表情來，我可能會當場嚇得腿軟，所以還是別說的好。唉。

無論如何，看來我們還是最好立刻撤退。我對古泉和長門打了個暗號，把頭轉過去看著正貪婪吞食半透明麻糬的春日。

當所有人離開公寓之後，春日以肚子餓為由，宣告今天就此解散，便一個人回家去了。喜綠學姊委託的事項因此暫時擱置，大家的思緒也因為春日一句「總會有辦法」的不負責任發言而暫停，今天就這樣無疾而終。

她大概已經感到厭煩了。

還沒吃中飯的不只是春日，不過我佯裝要回家，卻在跟所有人分道揚鑣之後，心浮氣躁地等了十分鐘，然後再度回到社長的公寓。

三個團員已經聚在一起等我了。無所不知的外星人和愛講大道理的超能力者，臉上帶著已經解開所有謎團似的表情，但是朝比奈卻一臉茫然：

「請問……發生什麼事了？為什麼要瞞著涼宮同學再集合……」

她愕然地抬眼看著我，望向長門和古泉的眼神露出強烈的不安色彩。我決定讓自己這麼想

——最期盼等到我的是朝比奈。

「他們兩個人好像很在意剛剛那個房間。」我回答道。「是這樣吧？」

面帶微笑和面無表情的兩個人同時點點頭。

「我想，再去看一次就會解開謎底了。對不對，長門同學？」我說。

長門沒答話，只是飄然地往前走。我們緊跟在後。不發出任何腳步聲地爬著樓梯的長門，無聲地打開社長家的門，無聲地脫下鞋子進到屋內。

一點也不寬敞的房裡，光是容納我們四個人就已經客滿了。

「這個房間的內部——」

長門切入主題：

「在限制條件模式下，獨立產生了局部性的非侵蝕性融合異時空間。」

…………

我等了一下，但是她並沒有繼續做說明。講這種好像隨便翻翻字典、挑幾個字眼串起來的句子，沒有習慣隨身帶字典的我，怎麼會聽得懂啦？

「就感覺而言，很類似閉鎖空間。閉鎖空間的發生來源是涼宮同學，但是這邊卻有著不同的味道。」

古泉為長門做註解似地說道。真是一對好搭檔。你們不妨試著交往看看。也教教長門一些念書之外的興趣吧。

「關於這件事，請容我以後再慢慢考慮，倒是現在我們可能有事情要做。長門同學，社長會行蹤不明，是因為異常空間的關係嗎？」

「是的。」

長門舉起一隻手，做出撫摸眼前空間的動作。

一股不祥的預感爬上我的背，刺激著我的腦幹。或許我該說「等等」來制止她吧？但是在我還沒發出這兩個音節之前，長門就以錄音帶快轉二十倍速似的聲音嘟囔著什麼，突然間，眼前的景象在一瞬間起了變化。

「嗚啊!?」

朝比奈嚇了一跳，撲到我身邊來，兩手緊緊抱住我的左手臂。但是我根本沒有多餘的時間好好地去享受這難得的觸感，只是拚命想要確認自己置身何處。

唔，我剛剛是在社長小小的房間裡，絕對不是這種怪模怪樣的地方，不是這種瀰漫著土黃色的煙霧、幾乎看不到地平線的寬廣平坦空間。是誰把我帶到這種地方的？

「解析入侵密碼。這裡和一般空間重疊，只是位相稍微挪移了一些。」

長門如此解說。唔，大概只有這傢伙辦得到這種事吧？也大概只有古泉，能跟這樣的長門正常地對話。

「好像不是涼宮同學的閉鎖空間。」

「似是而非。不過部分的空間數據，卻混雜有類似涼宮春日發出來的干擾訊號。」

「到什麼程度？」

「可以置之不理的程度。她只是一個觸動關鍵。」

「原來如此，是這麼一回事啊。」

我跟朝比奈默契十足地被排除在外。我一點也不覺得有什麼不好，甚至覺得慶幸。如果這兩人能直接把我帶回原來世界的話，那就更阿彌陀佛了。

朝比奈緊緊依偎著我，戰戰兢兢地環視四周。看來對她而言，這個空間並不是她預料到的。我也一樣把視線轉向四面八方，仔細地觀察著。雖然還能呼吸，但是吸多了這種土黃色的煙霧，對身體不會有害嗎？地板的冰涼隔著襪子傳到腳底。不知道該說是地板還是地面？土黃色的平面一望無際，永無止境地延伸到遠方。沒想到那個六疊左右的房間，竟然附帶這麼廣大的收納空間。這是異次元空間嗎？唔，我早就想過，也該出現這種風味的東西了。這種時候，我倒是挺冷靜的。

「電腦社的社長就在這裡嗎？」

「好像是。這個異空間發生在他房間裡，他大概是不小心就被封閉起來了吧。」

「他在哪裡？沒看到他人啊。」

古泉只是微笑著看著長門。這可能是個信號吧？只見長門舉起一隻手。

「等等！」

這次總算來得及。我對正經八百地停下手來的長門說：

「能不能告訴我妳想做什麼？至少我需要時間做心理準備。」

「不做什麼。」

長門像個會說話的玻璃藝術品一樣，靜靜地回答，將指向斜上方七十五度左右的手指頭握緊，改為伸出食指，然後說了一句話：

「請現身。」

我把視線望向長門的指尖指著的前方。

「嗯～」

我不由自主地嘟噥了一聲。

土黃色的煙霧緩緩地捲起漩渦。那是一粒粒構成煙霧的粒子，彷彿就要聚合為一似的漩渦。我覺得我們好像是入侵人體的病原體。懷疑這種土黃色的漩渦可能擔任白血球般任務的想像，不自覺從內心湧現。只有朝比奈的手的溫度，撫慰著我的心靈。

「我感受到一股明確的敵意。」

古泉悠哉的語氣中，感受不到一絲絲緊張的氣息。像故障的人工智慧機器人般站著的長門，也保持伸出手的姿勢文風不動。可是，我並沒有因為這樣而感到安心。這兩個傢伙似乎擁有保護自己的能力，但我可沒有。朝比奈好像也沒有自衛能力，一直躲在我後頭。真希望在這種時候，她能拿出一些來自未來的寶物。難道妳沒有光線槍之類的武器嗎？

「我們嚴禁攜帶武器。太危險了。」

朝比奈的聲音顫抖著。我能理解。就算讓「這個」朝比奈帶武器，如果只是派不上用場倒還好，只怕她還會忘在電車上哩。本來以為長大成人之後她便會有所改善，但是仔細想想，

「那個」朝比奈也是一個粗心大意的人，可能她骨子裡就是這樣神經大條吧。

當我想東想西時，煙霧的形狀慢慢變成固體。我相信這應該也有某種道理吧？我並不想知道，但是不知道為什麼，我了解到土黃色的塊狀物即將形成什麼樣的形體了。

「……咿！」

唯一感到害怕的是朝比奈。一方面是那個東西的外形看起來確實讓人不怎麼舒服，而且在都市裡也鮮少看到了。我最後一次在鄉下奶奶家的門廊底下看到，也已經是好幾年前的事了。

你知道一種叫做蟋蟀的昆蟲嗎？

如果你不知道，真希望能讓你看看我眼前的景象，相信你一定能夠鉅細靡遺地看清楚牠的構造的。

因為那是一隻全長三公尺的蟋蟀。

「這是什麼東東啊？」我問。

「是蟋蟀吧？」古泉說。

「那還用你說？我在念幼稚園的時候，可是出了名的昆蟲博士耶！就算沒有看過實物，也還懂得區分脊螽和紡織娘。先別說這個了，這到底是什麼？」

長門嘟噥著說：

「這個空間的創造者。」

「這傢伙？」

「是的。」

「難道這也是春日幹的好事？」

「有其他原因，不過起頭的人是她。」

正想問是怎麼一回事時，猛然發現長門一直不知變通地死守著我的吩咐。

「……妳可以動了。」

「好的。」

於是長門才放下了手，直勾勾地看著正逐漸實體化的大型蟋蟀。全身呈褐色的廁所蛐蛐，正欲落到距離我們數公尺遠的地方。

「喔，雖然不是很盡如人意，但是我的力量在這裡好像也有用武之地了。」

古泉的一隻手上，拿著一個有手球一般大小的紅色光球。那是我自從在某地看過一次之後，就不想再看第二次的紅球。好像是從他的掌心冒出來的。

「威力大概只有閉鎖空間的十分之一。而且，我本身似乎沒辦法變化自如。」

不知道為什麼，古泉將他那張已經讓人看膩了的笑臉轉向長門：

「根據妳的判斷，這樣足夠嗎？」

「…………」

…
どん…
?

長門沒有反應。我再度問道：

「倒是我說長門啊，那隻昆蟲的真面目到底是什麼？社長又在什麼地方？」

「那是情報生命體的亞種。牠企圖利用男學生的腦部組織，以提高生存機率。」

古泉將手指頭抵在兩眉之間，看起來像在思索著什麼，也像是集中意志力。他抬起頭來問：

「難道說，社長就在這隻巨大的蟋蟀裡面？」

「沒錯。」

「這隻蟋蟀是……我懂了，牠是社長所想像的恐懼對象吧？只要打倒這隻蟲，就可以破壞異空間，對不對？」

「對。」

「還好是這麼容易理解的暗喻。既然如此，事情就很簡單了。」

不過在我看來既不容易理解、也不是那麼簡單。請你們用我跟朝比奈能夠理解的方式做說明吧。

「現在似乎並不是恰當的時機？」

別把語尾往上揚！別笑得那麼優雅！把那個紅球丟到別的地方去！還有，想辦法救救緊緊環抱住我腰部的朝比奈。再這樣下去，我會凍未條的啊！

「呀～」

朝比奈不但一直顫抖，甚至還限制了我的行動範圍。這樣一來，我怎麼逃得了呢？

「沒那個必要吧？事情很快就會結束的，我莫名地有這這樣的信心。這好像比追捕『神人』更好玩呢。」

結束實體化過程的蟋蟀，似乎就要一跳沖天了。不知道牠能跳幾公尺遠？不如來測量一下距離——還是免了吧。

我生悶氣似地說：

「趕快解決牠呀！」

「明白了。」

古泉將紅球往上一拋，像打排球時的發球動作一樣用力捶下。正確無誤地飛彈出去的紅色排球，正面擊中妖怪蟋蟀，發出像紙汽球破裂一般的聲音。攻擊的方式固然愚蠢，對方好像也沒什麼腦袋。本來已經有心理準備，以為牠至少會反擊一下的，沒想到蟋蟀既不逃也不跳，更沒有發出轟然的怪聲，只是靜靜地待在那兒。

「結束了嗎？」

古泉問道，長門點點頭。還真的是三兩下就解決了。

巨大的蟋蟀擴散成原來的煙霧狀態，然後又漸漸變淡。不斷晃動的土黃色煙霧也消失了。

腳底下也恢復了冰冷的觸感。

不知道算不算是英勇除妖的獎勵？眼前出現一個穿著我所熟悉的制服的男生，正是仰躺在地上的電腦研究社社長。

他保持著彷彿從椅子上滑落的姿勢，緊閉著眼睛躺在電腦桌前。看起來應該還活著。蹲在他旁邊的古泉，拿手抵在他的頸動脈上，然後對著我點點頭。

長門站在書架前面，凝視著站在床邊一臉茫然的朝比奈和我。

這是一間公寓雅房。我心裡想著：哪來那麼大的空間啊？

不管那麼多了，事情發展至此總算值得慶幸。不管是灰色的還是土黃色的，我已經不想再被封閉在寬廣的空間了。

「大約是兩億八千萬年前的事。」

如果把長門所說明的宇宙怪電波，經過簡單扼要的濃縮的話，就是以下這段文字。

對於不知道是二或三疊紀時落到地球上來的「那傢伙」而言，當時地球上並沒有可茲依存的生物。失去依靠的牠為了自保，於是決定冬眠，一直到地球上產生可以讓牠存在的情報集合體為止。

「地球上並沒有適合牠生存的方法。於是牠將生物活動凍結，進入睡眠。」

不久之後，地球上誕生了人類，人類則創造了電腦網路。這個幼稚（據長門說）的數據情報網雖然不完整，也足以做為生長的苗床。但是也由於不夠完整，所以那傢伙處於半醒半睡的狀態。可是，後來發生了促使牠清醒過來的事情。被輸進網際網路的某個引爆劑，對那傢伙而言就形同鬧鐘一般。這個訊息具有一般數值所無法測量的情報，是不存在於這個世界的資料，是屬於異世界的檔案，那正是牠殷殷期盼的依存物……

長門淡然地結束了這段說明。

一邊說話、一邊敲打著社長家電腦的長門，叫出了ＳＯＳ團的線上網站，將破損的ＳＯＳ團徽章顯示在畫面上。

「涼宮春日所描繪的圖像是個契機，它變成了一道門。」

「……ＳＯＳ團的徽章，成了妳說的那東東，或是召喚魔法圓之類的關鍵嗎？」

「是的。」長門點點頭。「ＳＯＳ團的這個徽章如果換算成地球的尺度，大約擁有約四百三十六太拉（註：國際單位制詞頭，符號為Ｔ＝10的12次方）的資料。」

哪有這種事？那個影像數據連一萬byte都不到呢！可是長門卻淡淡地說：

「不適用於地球上的任何一種單位。」

「好高的機率啊。信手捻來的徽章竟然就完全符合，真不愧是涼宮同學。這種天文數字對她來說根本不夠看嘛！」

古泉似乎真的感到由衷佩服。可是我卻真的感到由衷害怕。你問我在害怕什麼？

春日的行為，大致上都只是靈機一動想到的。成立ＳＯＳ團是如此，召募社員也一樣。因為朝比奈適合當吉祥物，因為古泉是轉學過來的，而長門則是一開始就存在的。但是朝比奈是未來人，古泉是超能力者，而長門則是外星人之類的東東。太巧合了。事實上，古泉說這並一切不是出於偶然，還說什麼這是因為春日這樣希望之類的蠢話。其實我也差一點就要相信了，但是這樣不成。因為我自己是一個單純的平凡人，這就足夠做為反證了吧？按照古泉的邏輯說來，我沒有隱藏的電波檔案不就太奇怪了嗎？我的推論照理說應該成立才對的……

但是，萬一我一直認為毫無意義的春日的行為，其實都有其另一面的意義的話呢？而且，還是連她本人也不知道的意義。譬如她偶然想到、自己創造出來的文字，竟然成了傳達給外星人的訊息。如同讓一隻貓隨便在鍵盤上亂敲，竟然就打出一遍有意義的文章。這樣的機率到底有多高啊？

這個輕易地突破機率統計的障壁、下意識找到正確解答的涼宮春日，如果是基於需要跑腿小廝而讓我加入ＳＯＳ團的話倒還好。嗯，是的。這總比去想我本身具有謎樣內在的設定要好得多。我有嗎？我有某種不知名的瘋狂神奇能力或者來歷嗎？

所以她才選上我？會不會事實上我具有連自己都不知道的秘密？

我害怕的是接下來這件事——

我是什麼人？

我學古泉聳了聳肩。算了，我的任務我自己最清楚。說得簡單一點，我是ＳＯＳ團唯一的良心。一定是的。就本質而言，我跟其他三名團員是不一樣的。我是為了說服春日，讓她過正常的高中生活而存在於ＳＯＳ團的。我的使命，就是讓那傢伙停止非法的社團活動，並且自行解散社團。仔細想想，那正是通往世界和平的捷徑——不，是唯一的一條道路。

與其按照春日的想法去改變世界，不如著手去改變春日的內在，這樣還比較簡單些，而且也不會造成任何人的困擾。

不過，要是我沒有給那傢伙奇怪的靈感啟發的話，或許就沒有ＳＯＳ團了。嗯，這叫case by case。總有一天，我要讓她刮目相看。至於是什麼時候、為什麼我非這麼做不可，我自己也不知道。

姑且把這件事擱在一旁。

「那麼，結果那隻蟋蟀是什麼東東？」

如果不先把這個問清楚，事情就沒完沒了了。長門以彷彿吐出二氧化碳時順便發聲的語氣說：

「情報生命體。」

「是妳的支援者的親戚嗎？」

「是很早以前分支出來的。起源是相同的，但是因進化過程不同而滅亡了。」

這麼說來，牠是地球上唯一的殘存者了。何必非要在地球上冬眠呢？到海王星那一帶去睡不就得了？凍成冰塊應該可以睡得更香甜吧。

沒想到網路的發達，竟然成了邪神一族的溫床。我突然想到一件事。我對著癱坐在地上的嬌小學姊說：

「朝比奈學姊，未來的電腦會進化到什麼程度？」

「啊……」

朝比奈張開嘴唇，隨即又闔了起來。反正又是禁令，所以我並不期待能得到答案，但是回答的卻另有其人。

「到時這種原始的情報網應該已經廢棄了。」

長門直接了當地說。她指向電腦：

「即使是地球人類這種程度的有機生命體，也很容易製造出不必仰賴記憶媒體的系統。」

長門將視線移向一旁的朝比奈，只見她一臉鐵青。

是這樣嗎？

「那個……嗯……」

朝比奈含糊地囁嚅著，低下頭去。

「我不能說……」

她的聲音像是在呻吟。

「我並沒有被賦予權限去否定或肯定。對不起。」

沒這回事，妳真的沒有必要道歉的，反正我也不是一定要知道——喂，古泉，你幹嘛露出一臉遺憾的表情？

為了解救朝比奈，我企圖改變話題。嗯，有什麼話好說呢？對了。

「有件事很奇怪。」

我等著大家把視線投注到我身上。

「當春日畫那個愚蠢的圖案時，我也在場，但是什麼事情都沒發生啊。為什麼春日完成那張畫時，那傢伙沒有出現？」

回答的是古泉。

「因為那間社團教室早就異空間化了。幾種不同的要素和力量互相傾軋抵消，反而使那個地方變得很正常，也可以說是處於一種飽和狀態。因為各種東西都融在其中，容量已經滿了，所以再也沒有任何餘地容納別的事物。」

什麼歪理？文藝社團教室為什麼會變成那麼可怕的魔窟？我之前都沒發現到。

「因為一般人並沒有不必要的感應器。我覺得那裡是無害的。大概吧？」

唉，如果夏天也能感到清涼倒還好，可是要是在不自覺的情況下變得陰陽怪氣，或者開始四處尋找上吊用的繩子的話，那就敬謝不敏了。

「不用擔心，我跟長門同學還有朝比奈，都會竭盡全力避免這樣的事情發生。」

是因為你們三個人如此努力，所以事情才沒有惡化嗎？

古泉臉帶微笑，歪著頭兩掌朝上，好像在說「你說呢？」

我把視線移回電腦畫面。看著遭到破壞的ＳＯＳ團的徽章時，不知為何想到了一件事。我操控滑鼠移動游標，來到畫面下方。

「呃！」

出現了造訪者計數器。不知道為什麼，只有這個東西是正常的，上面顯示出一個數據。我最後一次看時還不到三位數，而現在我們ＳＯＳ團網站的造訪人數統計，卻將近……個、十、百、千……將近三千人。這是怎麼回事啊？是誰把它散播出去的？

「生命連結到處延伸擴張。」

長門靜靜地說：

「這個情報生命體就是這樣增殖的，非常幼稚而笨拙。這是一種把自身情報copy到看過網站的人的腦內，促使限定空間產生的機制，需要非常多的人。」

「那麼，看過這個的……將近三千人，他們都跟社長的遭遇一樣嗎？」

「也不盡然。這個召喚徽章的數據已經破損，實際看過正確情報來源的人並不是那麼多。」

大概是伺服器出了問題，不過反而救了不少人。

「大約有多少人？有多少因為連結奇怪的網站，而看到原本圖案的笨蛋？」

「八個人。當中有五個是北高的學生。」

這麼說來，這八個人也都被吸進土黃色的時空當中了。創造者不只是蟋蟀，也有可能是其他含有某種隱喻的東西。我想——唔，應該需要去救他們吧？一來古泉正在詢問長門那些傢伙的地址（我已經不驚訝長門為什麼會知道了），而且朝比奈好像也打定主意要跟他們兩人同行。我想，我不去也不行吧？最糟糕的人是春日，但是將這個魔法圓似的東西送進網路的人是我，我最好還是自行去收拾這個爛攤子。

為了讓我不會覺得良心不安，半夜睡不好覺。

姑且不論北高的被害人，想要救出其他三個人，看來是得搭上新幹線了。

之後。

放完盂書假，只消等待暑假到來的社團教室裡的一幕。

我告訴春日，那個社長已經來上學了。

「哦，是嗎？」

她只丟下這句話，就飛奔離開教室，現在大概在學校的餐廳裡大快朵頤吧？古泉和朝比奈都還沒有來。

順便告訴大家，春日想出來的那個ＳＯＳ團徽章，已經由長門修改後重新貼上了。這次上傳的又是個什麼樣的東西呢？今後上網觀看的人最好睜大眼睛看。跟春日畫的彆腳圖案幾乎沒有多大差別，但是只要你注意比較，應該就會發現上面寫的是「ＺＯＺ團」。只要有些微的差異，就不會跑出奇怪的東西來，這才是關鍵所在。

我很想在這次的網站上加上警語：「別輕易連結不熟悉的網址。」不知道這個構想如何？

我一邊想著這件事，一邊茫然地望著坐在桌子一角、看著滿滿都是數字的專門書籍的長門。

看著看著，我想到一件事。

我不知道這傢伙何時發現到春日的召喚畫像，不過我懷疑破壞資料的就是這傢伙。

另外一件事，就是針對這個事件前來求救的喜綠江美里學姊。剛剛我到電腦研究社的活動室去問過，得到的答案是那個社長好像沒有女朋友。雖然為自己失去了幾天的記憶一事而苦惱，但是卻顯得精神奕奕的社長是這麼回答我的。他看起來不像在說謊，當我提到喜綠學姊的名字時，他也只是一臉茫然。這個社長不像是演技好到這種地步的人。

我很懷疑。

喜綠學姊前來ＳＯＳ團，真的是來委託事情的嗎？仔細想想，時機也未免太巧合了。春日畫了圖，我把它貼到網站上；看到那個圖案的少數人，被帶到情報生命體什麼東東的異次元去；我們問過前來求助的喜綠學姊，然後前往社長的家；之後，想辦法擊退了那個怪物。

彷彿是安排好的劇本，而中心人物總是長門。不管這個萬能的外星人終端機，是如何驅策喜綠學姊把事件帶到我們手上來，就算過程再怎麼冗長，我也一點都不會感到驚訝。

或許她認為透過幫助委託人的遊戲，多少可以消除春日心中的無聊和鬱悶。像這種小事，就算不把我們牽扯進去，長門一個人應該就可以解決的。她平常總是這樣嗎？該不會她總在不告知任何人的情況下，暗地裡防止某些奇怪的事情發生？

從窗戶吹進來的風，揚起了長門的頭髮和書頁。白皙的手指頭輕輕地壓住書頁，雪白的臉龐低垂，一雙眼睛專注地追逐著文字。

或者，把我們捲進事件當中是長門的希望？在冷清的屋裡生活好幾年的這個外星人製造的有機智慧機器人，看似不帶任何感情，事實上會不會也是有感情的？

比方說，覺得一個人很孤單寂寞。

眼前景象讓我愕然得連肩膀痛都忘得一乾二淨了。

現在的我整個人趴在地上，連起身都沒辦法，為映在自己眼前的模樣感到十分驚愕。我之所以無法動彈，是因為背上好像被放了個沉重的秤鉈，我沒辦法將它移除。但是我連這件事都不放在心上。保持著破門而入的態勢、壓在我身上的古泉，看到這個房間的景象時大概也跟我一樣驚訝吧？快點下去——我甚至沒辦法想到這件事。我愕然的程度真的已經到這種地步了。

怎麼可能？沒想到真的會發生，這可不是可以一笑置之的事情。怎麼辦？

窗外一片金光。數秒鐘之後，雷鳴的重低音傳到了我的腹部。不折不扣的暴風雨，從昨天開始就席捲了整座島。

「……怎麼會？」

我聽到一個嘟噥聲。那是跟我和古泉一起衝撞這個房間的門，然後在房門打開的瞬間，和我們糾結在一起滾倒在地的新川先生的聲音。

古泉終於從我身上移開，我滾轉向側邊，支起上半身。

再度凝視著這個我到現在都還難以置信的景象。

靠近門邊的地毯上，有一個人就像我剛剛一樣倒在上頭。他就是天亮之後仍然沒有下樓到餐廳來的這棟宅邸的住戶，同時也是這裡的壯年男主人。從他一身和昨天跟我們道別後上樓時相同的打扮，就知道他的身分了。在這個盛夏的島上，毫無必要地老是穿著整齊的西裝的只有他一個人。他正是剛剛嘟噥著的新川先生的老闆，是這座島和宅邸的所有人……

多丸圭一先生。

圭一先生帶著驚愕的表情橫躺在地上，一動也不動。不動是正常的，因為他好像已經死了。

我怎麼會知道呢？關於這點是一目瞭然。刺在他胸口上的東西似曾相識。那是昨天晚餐時，跟大量的水果一起放在水果籃裡的水果刀的刀柄。

我可以跟你打賭，那把刀柄的下方一定是一片金屬製的刀刃，否則那種東西是無法直立在張大了嘴巴一動也不動的人的胸口上的。也就是說，刀子正刺在圭一先生的胸口上。

一般人被刀刃刺中心臟，一定活不了吧？

而現在圭一先生的狀態就是這樣。

「哇……」

我聽到被我們破壞的門後，傳來一個小小的恐懼叫聲。我回頭一看，只見朝比奈用兩手摀著嘴巴。站在朝比奈背後的長門，撐住她畏縮地往後退的肩膀。隨時隨地都面無表情的長門把視線投向我，然後若有所思地低下頭。
當然，凡是我們所在之處，這傢伙一定也在。
「阿虛，難道……那個人——」
春日似乎也感到很驚訝。從朝比奈的旁邊把頭探進房間裡的春日，瞪著一雙黑暗中的貓咪一樣的眼睛，凝視著長眠的圭一先生。
「死了嗎？」
難得她用那麼小的聲音說話，而且聲音中還帶著幾許緊張的色彩。我回過頭正想說些什麼，見到古泉頂著一張不知道把他那永遠微笑著的表情藏到哪裡去的困惑臉色。女侍森小姐也站在走廊上。
唯一有一個人，是昨天一直在宅邸裡、現在卻不在場的。
圭一先生的弟弟多丸裕先生不見了。
被撞開的房間內，有一個不能說話的主人和一個失蹤者。這代表什麼意義呢？
「我說阿虛……」
春日又說話了，臉上帶著讓我覺得陌生的不安表情。我甚至產生一種錯覺，覺得她就要依偎到我胸前了。
閃電又起，將整個房間照亮。昨天刮起的暴風雨已經漸漸平息。狂濤隨著打雷的聲音沖擊著島嶼，製造出駭人的音效。

這裡是一座孤島。還有暴風雨。再加上密室。密室裡躺著一個胸口被刺了一把刀的宅邸主人。這就是我眼前的景象。

我不得不想著。

喂，春日。

製造出這個狀況的人是妳嗎？

我回想起ＳＯＳ團全體總動員，結果卻淪落目睹這種情景的根本原因。

想起還沒放暑假前那天的事……

………

……

…

當時是盛夏的七月中旬左右。簡直讓人想放太陽一場長假的酷熱仍然持續著。

我一如往常坐在用來當成地下總部的文藝社社團教室裡，喝著朝比奈沖泡的熱茶。我雖然從過去的期末考結果中重新振作了起來，但是一想到即將到來的補習，心情實在沒辦法放輕鬆。這時候，只有逃避現實一途了。

一眨眼之間，我想到幾個告訴自己所有的現實都不過是謊言的理由。正當我猶豫著該選哪一個的時候——

「請問……怎麼了？」

我從窮凶惡極的異形軍團在補考前一天從月亮背面降落，將國會議事殿堂整棟擊垮的虛擬想像當中醒來。

「看你一臉嚴肅的樣子……是茶不好喝嗎？」

「沒這回事。」

我回答道。妳泡的茶依然是來自天上的甘露。雖然茶葉是廉價品。

「太好了。」

穿著夏季女侍服裝的朝比奈，輕輕地吐了一口氣。她露出安心的微笑，於是我也回她一個微笑。妳的喜悅同時就是我的喜悅。就算徐福能夠到得了蓬萊山，只怕他也得不到勝過朝比奈微笑的萬靈仙丹吧？我現在的心情比摩周湖的湖水更透明澄澈，腦袋裡甚至充滿了天使們吹奏著管樂器的景象……

我很想仿效懷抱滿腔誠摯對著小鳥傳道的聖方濟各（註：聖方濟各修道會的創始人）般訴說我的熱情，不過最後還是放棄了。不是因為嫌沒有意義的修飾用語太麻煩，而是一個礙事的傢伙用輕快的聲音插了進來：

「喲，大家好呀！期末考怎麼樣了？」

古泉一邊轉著放在桌上的Ｍｏｎｏｐｏｌｙ遊戲（註：一種買賣公司及不動產的遊戲）的轉盤，一邊問我這種多此一舉的問題。拜他之賜，我再度時空跳躍到月亮背面，躲在衛星軌道上想辦法讓自己的思緒靜止。你一個人乖乖地在那邊玩Ｍｏｎｏｐｏｌｙ就好。學學躲在房間角落裡靜靜看書的長門，向她好好看齊吧！

攤開像是百科全書的精裝書，坐在折疊椅上的長門，頂著一張像穿著夏季水手服的玻璃面具一樣的臉孔，連大氣都不喘一下似地把視線落在書頁上。從某方面來說，她是一個數位化的存在，偏偏又酷愛吸收實體情報，難道是有什麼特別的理由嗎？

「…………」

話又說回來，我們社團成員現在怎麼都這麼閒啊？

學校的營業時間也早就縮短，上午就結束了，為什麼大家還聚集在這種地方呢？我自己也是，但是我可有冠冕堂皇的理由呢！要是一天不喝一杯朝比奈的茶，我就會像行屍走肉一樣。拜此之賜，星期六日往往必須要遭受戒斷症狀的折磨。

這是開玩笑的啦。余豈好辯哉？只是我進高中之後學到了一件事，就是總有人會把玩笑當真。這是這幾個月來我切身體會到的，所以鐵定錯不了。玩笑和正經的界線最好要區隔清楚，否則恐怕會遭到不測。

就像我現在一樣。

我打開書包，從裡面拿出從福利社請調來的火腿麵包，決定拿來當茶點。

在距離放暑假開始倒數計時的這個時期，我們像貓聚會一樣聚集在這裡是有理由的——才怪。我敢這樣斷言。本來這就是在沒有任何理由的情況下成立的ＳＯＳ團，若要勉強說來，沒有理由正是理由所在。要有理由那就傷腦筋了。與其去做一些愚蠢的事情，保持無意義的現狀還比較不會讓人頭痛。因為這樣就不需要思考了。

「我也趁現在來吃便當好了。」

手腳俐落地幫自己也準備了一杯茶的朝比奈，拿出一個很可愛的便當盒，坐到我的對面來。

「不用在意我，我在學校的餐廳吃過了。」

人家又沒問，古泉卻很乾脆地婉拒了。而長門的讀書欲則似乎比食欲旺盛許多。

朝比奈一邊戳著用香鬆畫出微笑臉孔的白飯，一邊說：

「涼宮同學呢？怎麼到現在還沒來？」

問我也沒用。大概在哪個地方抓蝗蟲吧？畢竟現在是夏天。

古泉代替我回答：

「剛剛我在學校餐廳有看到她。她的食欲真是好得叫人讚嘆。如果她吃下的份量都變成營養的話，真難以想像會轉換成幾爾格（註：Ergon，希臘文中的工作，意指人類精神能量的單位）呢！」

我才不想計算這種東西。如果她繼續關在餐廳裡，一直待到傍晚就好了。

「不可能吧？她今天好像有什麼重大的事情要宣佈。」

我實在搞不懂，你為何能那麼開朗啊？那傢伙的重大宣佈，從來就不會是什麼造福社會的好事。你的記憶容量不到五英吋ＦＤ（軟碟）嗎？

「而且，你怎麼會知道這種事？」

古泉四兩撥千斤地說：

「唔，為什麼呢？我可以回答你，不過涼宮同學應該會想要親口說出來吧？如果我搶先說出來而壞了她的興致，那可就是個大問題了。我還是保持沉默好了。」

「我也並不想聽。」

「是嗎？」

「嗯，因為從你的語氣聽來，那個笨蛋傢伙可能又在企畫什麼愚蠢的事情了。我不知道我的心靈安寧還能保有幾分鐘的壽命，但是我可以確定現在已經不怎麼安寧了……」

正當我要繼續說下去時，被砰的一聲粗暴的開門聲給打斷了。

「很好，大家都到齊了哦！」

春日的眼睛像光譜分光器一樣閃著光芒。

「因為今天是開重要會議的日子。我本來打算處罰比我晚到的傢伙，永遠當踢空罐遊戲的鬼呢！看來你們也漸漸產生團隊精神了，這是非常好的事情！」

不用說，我當然沒聽過今天是開會的日子。

「妳還真是悠閒呢。」

我本來是想挖苦她的。

「你聽好了，到學校餐廳吃飯的訣竅，就在於要等到快打烊的時候再去，那時候歐巴桑就會多給一些。不過時機是很重要的，如果在等待的當兒全部賣完就沒戲唱了。今天真是個幸運的日子啊！」

「是嗎？」

以鮮少到餐廳吃飯的我的立場來看，即便有人滿臉得意地提供這種缺乏價值的情報，我也只是聽聽就算了。

春日一屁股坐到團長桌上。

「算了，那種事情就別說了。」

「是妳先起頭的吧？」

可是春日不理會我，指名道姓叫著規規矩矩用筷子吃著飯的朝比奈。

「實玖瑠，說到夏天就想到什麼？」

「咦？」

摀著嘴巴咀嚼的朝比奈，一口吞下可能是她自己做的菜。

「夏天嗎……嗯，盂蘭盆會……吧？」

這個充滿古典風情的答案，讓春日不停地眨著眼。

「『愚欄盆會』？那是什麼東東？妳搞錯什麼了？我不是問妳那個，我是說，提到夏天，我們不是會立刻聯想到某個名詞嗎？」

什麼跟什麼啊？

春日一副理所當然的樣子說：

「暑假！暑假！這還用懷疑嗎？」

這種思考未免太直線型了。

「那麼提到暑假呢？」

春日提出第二個問題，然後一邊看著手錶，一邊製造計時音效「滴嗒、滴嗒」。

朝比奈受到她的影響，開始驚慌失措地思索著。

「嗯，那個，是……是海！」

「沒錯沒錯！已經很接近了。那麼提到海呢？」

這算什麼跟什麼？聯想遊戲嗎？

朝比奈歪著頭說：

「海、海，嗯……啊，生魚片？」

「完全不對！等妳想到時夏天已經遠離了。我想說的是，暑假一定要去合宿！」

我瞪著古泉那張讓人越看越生氣的笑臉。這就是你所說的重要宣佈嗎？

「合宿？」

我帶著問號嘟囔道，春日用力地點點頭。

「沒錯，合宿。」

有參加社團的人或許都會辦個合宿什麼的，但是我們做那種事像話嗎？難不成要我們去某座深山裡抓不可能找得到的UMA嗎？

我依序看著朝比奈、古泉以及長門，看到他們分別露出驚訝和微笑以及什麼都沒有的表情之後說道：

「合宿啊……什麼的合宿？」

「SOS團的。」春日說。

「我是問，我們去做什麼？」

「去合宿。」春日說。

啊？

為了合宿去合宿。

那不就跟頭痛很痛、悲傷的悲劇或者拿烤魚去烤一樣的道理嗎？

「有什麼關係？也就是說，這次活動的目的和方法是一樣的。再說，頭痛不就是很痛苦嗎？有人頭痛還很舒服的嗎？」

我不知道是春日的日文程度有問題，還是標準語變成河內腔（註：大阪東南部的一種方言）了，不過問題在於合宿本身吧？

「妳打算去哪裡？」

「我打算去孤島，而且是加上『遠洋』這個形容詞的孤島。」

我倒沒有聽說暑假的心得報告有《十五少年漂流記》這本書啊，她到底是看了什麼才想到這個主意的？

「我想過幾個候選的地點。」

春日喜形於色。

「我本來一直在苦惱，不知道去山上好還是海上好。一開始我覺得去山上比較方便，但是被困在暴風雪侵襲的山莊只有冬天才有可能，而且難度太高。」

去格陵蘭就可以實現妳的夢想了……不，問題在於為什麼需要做這種事？

「妳為了想被困住，而刻意跑到山莊去嗎？」

「是啊！因為不這樣就不好玩了。不過現在姑且把雪山給忘了吧！我們換到冬天的合宿活動再去。這個暑假我們要去海邊，不對，是去孤島！」

別一意執著於孤島。我心裡這樣想著，但是也沒有反對的意思。一方面是我反對也是白搭，而且在這種季節裡，海洋是相當有魅力的地方；再說，那個遠離陸地的孤島什麼的，應該也有完善的海水浴場吧？

「當然囉！古泉，我說的沒錯吧？」

「嗯，我想應該是有。雖然是一個沒有管理員，也沒有烤玉米攤販的自然海水浴場。」

我帶著充滿疑問的眼神，看著立刻點頭附和的古泉。你幹嘛幫她背書啊？

「那是因為啊——」

古泉正待說明，卻被春日打斷：

「因為這次的合宿場地，是古泉提供的！」

春日把手伸進桌子裡面摸索了一陣，然後拿出一個素色的臂章，上面用麥克筆寫著「副團長」幾個字。

「因為這項功績——古泉，希望你感到榮幸——你連升兩階，我任命你成為ＳＯＳ團的副團長！」

「恭敬不如從命。」

恭恭敬敬地接過臂章的古泉，斜眼看了我一眼，對我眨了眨眼。我可要言明在先，我可是一點都不羨慕哦。那種奇奇怪怪的東西誰想要啊？

「就這樣。這可是四天三夜的豪華旅遊哦！大家趕緊提起精神做準備！」

春日露出一臉宣佈事項就此為止的表情，似乎認為我們都已心服口服。事情當然不會是這樣的。

「等一下。」

我為了代表朝比奈和長門發言，往前踏出一步。

「地點是哪裡的島？招待？那是什麼東東？古泉為什麼要招待我們？」

被春日定義為謎樣轉學生的古泉固然是個奇怪的傢伙，但是在他幕後的那個叫做『機關』的愚蠢組織就更可疑了。他們會不會把我們帶到某個地方的研究所，企圖把春日或長門這些人拿去做活體解剖啊？

「我有一個非常有錢的遠房親戚。」

古泉露出一張人畜無害的笑臉。

「他是一個錢多到可以買下一座無人島，還能在那邊蓋別墅的有錢人。事實上他也蓋好了別墅。那座宅邸前幾天才舉行過落成儀式，但是沒有熟人願意大老遠跑到那種地方，所以他邀請親朋好友前去拜訪，結果這個任務就落到我頭上來了。」

那座島就那麼怪異嗎？我想起很久以前讀過的《魯賓遜飄流記》裡面的故事。

「不是，本來只是一座小小的無人島。我們也快放暑假了，再說如果要旅行，ＳＯＳ團一起出遊應該會比較好玩。而別墅的主人，似乎也很歡迎我們前往。」

「就是這麼回事！」春日說。

她露出讓我們感到困擾時經常會浮現的笑容。

「是孤島耶！而且是大宅邸！這可是絕無僅有的情況呢！我總有一種我們不入地獄、誰入地獄的使命感。這可是最適合ＳＯＳ團合宿In Summer的舞台啊！」

「為什麼？」我問道：「妳最喜歡的探訪神奇之謎的活動，和孤島的豪宅有什麼關係？」

可是，春日已經一個人沉溺於自己的世界當中了。

「四面環海的遠洋孤島！而且還有別墅！古泉，你的那個親戚可真是善解人意啊！嗯，我覺得我一定可以跟他很談得來。」

能跟春日談得來的人，毫無例外都是一些變態，所以那座豪宅的主人一定也是個大變態吧？如果真的談得來的話啦。

我不知道長門是否聽到了春日宣佈的內容，至於朝比奈則停止了用餐，微微露出驚訝的表情。

「不用擔心，實玖瑠。妳想吃生魚片的話，那邊的生鮮魚產可以讓妳愛吃多少、就吃多少。我說的沒錯吧？」

「我去溝通看看。」古泉說。

「事情就是這樣。」

春日再度從團長桌裡拿出一個素色臂章。真不知道她準備了多少個。

「前進孤島！我相信那邊一定有很多有趣的事情等著我們。至於我在那邊的任務，也已經確定了！」

她一邊說著，一邊用麥克筆在臂章上寫字。那幾個潦草的筆跡，看在我眼裡像是「名偵探」三個字。

「我想聽聽你有什麼企圖？」

「沒什麼企圖。」

別臉不紅、氣不喘地否定我。

宣佈完重大事項後深感滿足的春日離開了，朝比奈和長門也離開了社團教室回家去。留下來的只有我跟古泉。

古泉用手指頭撥起長長的瀏海，說：

「是真的。就算我不提議，涼宮同學一定也會找個地方去，對不對？因為暑假說長不長，說短也不短。難道你寧願到山上去找土龍（註：一種形體類似蛇，但胴體較粗的幻想生物），而不願到海邊走走？」

「什麼叫土龍──算了，別真的說明給我聽，這個我至少還懂。」

「三天前左右，我偶然在車站前的書店裡遇到涼宮同學。我看到她聚精會神地查著日本地圖，而且還翻著另一本以未知生物為專題的神秘雜誌。」

探索UMA合宿旅行啊？聽起來沒什麼了不起的。倒是春日那個人，她總讓人覺得好像真的會發現什麼詭異的事情，頗為可怕。

「我就說吧？涼宮同學好像打算去抓個東西回來喔。依我的感覺，她好像把比婆山脈列為第一考量。既然如此，那到海邊去做日光浴，對我們所有的社員而言應該都是最大公約數的幸福吧？再說，我心中也有個目的地。」

竟然就那麼剛好有個目的地。話又說回來，在海邊觀賞穿著泳衣的女社員，跟大太陽底下在山裡面健行，確實有著桃花源和地獄之別。

「關鍵在於那是一座私人擁有的無人島，正是所謂的封閉的軌道。」

這點我當然要問。直接問清楚自己不明瞭的事情，是上上之策。

「什麼叫作『封閉的軌道』？」

古泉露出的笑容並不惹人厭，要是覺得惹人厭的話，那就是看的人本身的眼睛有問題。我也曉得這個道理。

「或許有一點意譯的味道……」古泉帶著微笑，頓了一下說：「說閉鎖空間會比較適當一點吧？」

我不知道我的表情有哪裡可笑了，只見古泉吃吃地笑了起來。

「我是開玩笑的。所謂的封閉軌道是推理用語，指的是和外界斷絕直接接觸的狀況。」

用更大眾化的口語解釋一下吧！

「這是在古典推理劇當中，登場人物被安排的舞台裝置之一。舉例來說，譬如我們在嚴冬前去滑雪……」

對了，春日不也說過雪山什麼的嗎？

「到雪山上合宿倒還好，但是假設當時下起破了有史以來紀錄的大風雪呢？」

如果要去那種地方，當然事先就要注意氣象預報。

「那就傷腦筋了。我們被暴風雪和積雪所阻擋，沒辦法下山，而且也沒有人能夠到山莊來。」

想想辦法吧！

「什麼辦法都行不通，所以叫作封閉。而在那種狀況下，事件發生了。我想，最普遍的要算是殺人事件吧？於是舞台就此誕生了。犯人和其他所有人都沒辦法逃出建築物，也沒有新的登場人物能夠從外面進來，更別說是警察了。因為如果靠著科學方式來揪出犯人的話，就一點也不好玩了。」

跟往常一樣，這傢伙到底在說什麼啊？

「啊，抱歉。也就是說，涼宮同學這次的主題，就是要成為那種神秘狀況中的當事者。」

所以選擇孤島？

「是的，孤島。我在想，她應該夢想著一座孤島因為某種理由被封閉，而在眾人無法逃離的狀況中發生連續殺人事件吧？以封閉軌道而言，吹著暴風雪的山莊或是暴風雨所襲擊的孤島這種公權力沒辦法介入的舞台，堪稱是推理領域的雙璧啊。」

「我覺得你好像挺樂的樣子。」

春日失控的行徑並不限定於夏天，但是你也不用在一旁推波助瀾吧？我可不是因為沒有拿到副團長的寶座，而大動肝火哦。

「因為，其實我也很喜歡那種舞台。」

我無意找這個濫好人的麻煩，但是請容我說句話：我可一點都不喜歡。

不過，古泉並不理會我個人的偏好，以讀論文般的語氣繼續說道：

「你想想『名偵探』那三個字吧。照理說，過著普通人生的人只要繼續過著平凡的日子，很少會被捲進奇怪的殺人事件。」

「說的是。」

「但是推理性故事裡的名偵探們，為什麼會一次又一次被捲入無法理解的事件當中呢？你認為原因何在？」

「因為不這樣就沒故事可寫了。」

「沒錯，非常正確的答案。這種事件只存在於虛構的、非現實的故事世界當中。但是在這邊說那些現實主義的話就太煞風景了，因為涼宮同學似乎就是想投身於虛構的世界當中。」

仔細想想，那傢伙就是因為這樣才成立SOS團的。

「想要遇到那種非現實而神秘的事件，就必須到適當的場所去才行。因為創作裡面的名偵探們都是這樣被捲進事件當中的。也就是說，必須成為事件的當事者。想要坐在家裡等著事件上門，那就只有骨肉至親當中有了不起的警察，或者主角本身就是警官，或是等待幾部系列作品問世才有可能。」

有道理。我知道長門喜歡SF，沒想到竟然還喜歡懸疑推理。至於春日，應該是兩種都喜歡吧。

「外行人想要扮演偵探的角色，首先就要在不經意的情況下被捲進發生在四周的事件，而且要明快地加以解決。」

「總不會就那麼剛剛好，身邊正好發生事件吧？」

古泉點點頭說：

「是的，現實不會像故事情節一樣發展。在學校裡發生讓人興味盎然的密室殺人事件，那種機率是微乎其微的。所以，涼宮同學一定是想到容易發生類似事件的場所去。」

「本末倒置」這句成語在我腦海裡閃爍著。

「而那個場所就是這次合宿的舞台——孤島。不知道為什麼，一般人都認為這種場所最適合做為殺人事件的劇場。」

哪裡的一般人啊？你的一般還真是小眾。

「換言之，奇怪的事件總會發生在名偵探出現的地方。那並不是出於偶然，而是被稱為名偵探的人，都具有召喚事件的超自然能力。我只能做這種推想。不是因為發生事件而製造出偵探這個角色，而是偵探這個角色先存在，所以才導致事件發生的。」

我以誤踩了海牛時的眼神看著古泉：

「你的意識清醒嗎？」

「我總是保持適度的清醒。名偵探或封閉軌道之類的事情並不是我的發想，我只是將涼宮同學的思考模式直接表達出來而已。說得簡單明白一點，她想成為一個偵探，合宿的目的就在此。」

要怎麼做，那傢伙才會成為名偵探啊？如果說她自導自演整個事件，同時扮演犯人角色和偵探角色的話或許還可以。

「不過，我認為這總比去找土龍或大腳要好多了。我只是跟涼宮同學提到，我認識的人在島上蓋了別墅，正在召募訪客而已。當然，我並不期待發生殺人事件。」

古泉那爽朗的笑容總是叫我看得一肚子氣。連他聳肩的動作也讓我火大。

「我只是提供涼宮同學一項小小的娛樂而已。否則，誰也不知道她會為了排遣無聊想出什麼名堂來。既然如此，不如由我們事先安排好舞台還比較好處理。」

「我們？」

我不悅地說道，古泉刻意緩頰似地回答：

「這件事情跟『機關』是沒有任何關係的。雖然我的確提出了報告。我雖然是一個超能力者，但終歸也是一個高中生。其實合宿也沒有什麼不好，很符合高中生應有的生活。跟親密的朋友一起旅行，不是很令人雀躍的一種活動嗎？」

要是春日只是為了單純地旅行而雀躍的話倒還好。如果選擇普通的溫泉地，或是與陸地相接的海岸的話，我也沒有異議，可是為什麼偏偏要選座孤島？她可是春日耶！搞不好還會召來兩個左右的颱風。

……算了，再怎麼誇張，我想那傢伙也還不至於瘋狂到引發殺人事件吧？否則北高早就屍橫遍野了。我覺得似乎還有更重要的事情，於是陷入沉思當中。

夏天到海上度過四天三夜。那邊有白色的沙灘，太陽應該也會照得人通體舒暢吧？果真如此，現在這種酷暑也許也可以稍微忍耐一下了。太陽加油啊！

對了。從現在開始，我得為好好欣賞朝比奈穿泳衣的迷人模樣做點準備才行。

別墅的主人很大方，說住宿費用全免，連伙食費也不收，我們只需要付往返的船費。於是，我們在港口的渡船搭乘處集合，等待上船的時間到來。

春日似乎迫不及待地想去合宿。昨天才舉行過結業式，也就是說，今天是暑假的第一天。古泉和他的親戚似乎隨時歡迎我們去，但是一開始放假就馬上遠行，這真是春日性急的最佳表現。本來想在不用看到春日臉孔的情況下，悠哉悠哉過我的暑假的，現在連這個小小的願望都無法實現。這全都是因為涼宮春日這個人存在的關係，也是她的意義所在。

「好久沒搭渡船了。」

春日斜戴著護目鏡，站在防波堤旁邊眺望著鉛灰色的海面。她一頭黑色的髮絲在粘膩的海風中飄飛著，人就排在登船處的最前面。

「好大的船啊！這麼大的船竟然能浮在水面上，真是不可思議。」

兩手提著旅行包的朝比奈，抬頭看著船身感嘆地說道。她穿著白色的夏季洋裝，頭上戴著一頂草帽，樣子十分可愛。一絲不苟地將帽子的帶子綁在下巴，正是朝比奈的作風。她那像小孩子一樣的雙眸閃著光芒，看著中古的渡船，就好像那是一艘從遺跡當中被挖掘出來的古代葦草船一樣。或許在她那個時代，船並不是浮在水面上的。

「…………」

後頭的長門帶著一臉茫然，凝視寫在船腹的企業名稱。很難得地，長門並沒有穿制服，而是穿著格紋圖案的無袖上衣，手裡黃綠色的洋傘落下一圈淡淡的影子，渾身散發出體弱多病的少女甫出院似的氣息。真想找地方去買台即可拍，將她給拍下來，應該可以高價賣給谷口。

「天氣這麼好，真是太好了。可以說是絕佳的航海天氣啊！雖然搭的船艙是二等艙。」古泉如此說道。

「正適合我們的身分啊。」

船艙也是不怎麼舒服的大房間。雖然航行時間很長，但是想要搭個人艙房，對我們而言還早了十年。這終歸只是一場高中生的合宿旅行。

本質上的問題，是這次的旅行既不是合宿集訓也不是什麼東西，只是為了合宿而合宿，不能算是有意義的活動。一般來說，社團合宿不是都需要一個率團的顧問老師嗎？ＳＯＳ團並沒有帶團的老師。因為我們是未獲校方許可的社團，要是有帶團老師反倒讓人驚訝了。在北高要是沒有顧問，連同好會的名義都無法獲得認可。照我的推斷，就算有老師願意當ＳＯＳ團的顧問，我想春日也會覺得不需要。因為要是她覺得有這個必要性的話，一定早就從哪裡綁架一個來了。就像我們當初被綁架來一樣。

我伸了個大懶腰，這時朝比奈慢慢地走到我旁邊。她原本就圓滾滾的眼睛，睜得更圓更大了。

「那麼大的船是怎麼浮起來的？」

怎麼浮起來的？除了浮力之外，當然沒有別的辦法了。朝比奈原先存在的時代，難道沒有教物理的課程嗎？

「啊，是嗎？浮力。說的也是。原來如此。這就是所謂的『丈八燈台，照遠不照近』哦？」

妳到底在說什麼啊？朝比奈一個人一臉認真地直點著頭。

讓我試著問問看吧！只是問一下應該無妨。

「請問——朝比奈學姊，未來的船是以劃時代的方法浮起的嗎？」

「唔，你認為我能說嗎？」

被她這麼一問，我不禁搖搖頭。我完全不這麼想。我改變問題再度問道：

「總有海吧？」

朝比奈輕輕地抓住帽緣，歪著頭說：

「嗯，有，是有海。」

「那太好了。」

我不知道她是來自近未來還是遠未來，總之地球沒有完全變為沙漠，比什麼都更振奮人心。如果那邊的海水成分比現在乾淨的話就好了。

我本來想要從未來人的身上，打聽到有益的情報的。

「阿虛！實玖瑠！你們在幹什麼？時間到了！」

春日大聲呼喊，通知登船時間已到。

話又說回來，今天集合時我遲到了。早上我正要出門時，覺得運動提包拿起來格外地重，我狐疑地打開來看，裡面沒有換洗的衣物和盥洗用具，倒是躲著老妹。昨天晚上一個不小心說溜嘴，老妹察覺出我要跟春日他們一起去旅行，便叫嚷著：「我也要去！」我整整花了兩個小時才讓她聽話，沒想到她竟然策畫暗渡陳倉。我將老妹從包包裡給揪出來，質問她把裡面的東西藏到哪裡去了。時而安撫、時而逼問行使緘默權的老妹，花掉了我不少時間：「再不說出來，我就不買禮物給妳！我要把買禮物的錢，充作ＳＯＳ團員在遊艇上的商店買便當的費用哦！」

聚在二等艙房通鋪一角的ＳＯＳ團，一邊吃著我買來的便當，一邊聊著天。其實說話的永遠都只有春日和古泉。

「還要多久才會到？」

「以這艘遊艇的速度來算，這是一趟約六小時的行程。按照計畫，對方會在我們抵達的港口等我們，然後再換搭專用快艇航行三十分鐘左右，到時就可以看到孤島和聳立在上頭的別墅了。我也沒有去過，所以不是很清楚那邊是什麼情形。」

「一定是很奇怪的建築物吧？你知道設計的人叫什麼名字嗎？」春日問道。

「我沒有問那麼多。我記得他好像說過，是請有名的建築師一手打造的。」

「我好期待哦。」

「如果能夠符合妳的期待是最好了，但是我沒有事先看過，所以不是很清楚。不過，一個會想要在無人島上蓋私人別墅的人，蓋出來的建築物應該會有某些特殊之處吧？如果真是這樣就好了。」

古泉是這樣說，但是我並不特別這樣希望。如果設計圖是如春日所願一樣的設計，那麼我想那大概是連熬了三個晚上、加上酒精中毒、意識已經朦朧的設計師一邊打瞌睡一邊畫出來的吧？我可不想住那麼奇怪的屋子，一般的旅館就好了。只要早餐時能提供烤海苔加生蛋的純日式餐點就可以了。如果取了某某館之類的名稱的話，搞不好會讓春日不惜化為殺人犯，也要引發某些事件吧？

「島！宅邸！沒有比這個更適合ＳＯＳ團的暑假合宿了。這麼一來，這個暑假就踏出完美的第一步了。」

我們團員圍著雀躍不已的春日，只能默不作聲。

除了在船上隨波晃盪之外無事可做，於是我們就照古泉的提議，玩起抽鬼牌的遊戲。從頭輸到尾的古泉負責去買五人份的罐裝飲料。我接過飲料，默默地喝著。

我實在沒辦法不去意識到，在前頭等著我們的孤島或什麼館所帶來的不吉利感覺。朝比奈似乎也有同感。

兩口就乾完果汁的春日說：

「實玖瑠，妳的臉色很難看，暈船嗎？」

「不是……那……啊，或許吧。」

朝比奈回答道，春日又說：

「那可不妙，妳到外頭去透透氣比較好喔。到甲板去吹吹海風就會好的。哪，我們走吧！」

說著她就拉起朝比奈的手，微笑著說：

「不用擔心，我不會把妳推下海去的。嗯……或許這也是個不錯的點子。突然從船上消失的女乘客。」

「啊？」

春日用力拍拍朝比奈變得僵硬的肩膀：

「騙妳的啦！那就一點都不好玩了。至少也要整艘船撞上浮冰，或者遭到大章魚的襲擊才夠刺激。我才不會只為了好玩，就希望大家出事呢！」

待會兒，我先去確認一下救生艇的位置吧。我當然不認為這麼大熱天的，冰山會出差跑到日本近海來；但是未知的水棲怪獸從某個地方冒出來，卻是很可能發生的事情。我用視線告訴古泉：要是有妖怪冒出來，你可要負責擊退哦！也不知道他是怎麼解讀我的視線的，竟然回我一個微笑。而長門則只是凝視著牆壁。

春日逕自滔滔不絕地說著：

「事件最好還是發生在孤島上！古泉，我的期望不會落空吧!?」

「沒有明文規定什麼樣的事情才算事件。」

古泉圓融地回答道：

「我也希望有一趟愉快的旅行。」

古泉臉上露出心口不一的人特有的含糊微笑。雖說這是他慣有的表情，但是我定定地看著這個超能力者，想要看清楚那張微笑面具底下的真面目。不過，我立刻就放棄了。這傢伙的笑容跟長門的面無表情一樣，都沒辦法提供任何情報。真是的，他們多少也該表露一些喜怒哀樂的情緒嘛！不過，不用像春日那麼明顯啦。

春日一邊唱著自己胡亂編的旋律，一邊催促朝比奈離開船底。朝比奈多次回頭看，一臉希望我也跟著去的表情；不過我擔心是自己的錯覺，又怕就這麼得意忘形地跟上去會破壞春日的興致，所以便作罷了。

就算春日再怎麼瘋狂，在朝比奈落海之前，她總會助她一臂之力吧？我仰望著天花板，心中這樣祈禱著，便拿包包當枕頭躺了下來。早上要早起，我決定利用這段時間睡一下。

我覺得彷彿在夢中做了什麼奇幻的事情，但是在記憶沉澱之前就被叫醒，接收到來自春日的命令電波：

「睡什麼覺啊，笨蛋！趕快起來！你到底有沒有心認真合宿？在去程的船上就這樣睡，以後要怎麼辦哪？」

在我睡著期間，渡輪好像已經抵達轉乘的小島了。我覺得自己好像遭到無可取代的損失。
「第一步是最重要的。你太欠缺享受事物的心情了。你看看大家，期盼合宿活動的心情都化成眼中的光芒滿溢出來了！」
我順著春日手指著的方向，看到開始抱起行李準備下船的三名僕人。
當中一個面帶微笑的少年說：
「算了，涼宮同學，他是在為合宿養精蓄銳。搞不好，他打算今天徹夜思考怎樣娛樂大家呢！」
我一邊聽著古泉多此一舉的打圓場，一邊觀察著像自動人偶一樣的長門的臉，和朝比奈小動物一般的眼睛，尋找她們眼中所謂的光芒。
「已經到了嗎？」我嘟噥道。
長達幾個小時的船旅，在場的都是ＳＯＳ團的成員。不，姑且不管其他人了，但是我竟然任自己的欲望擺佈，睡了一場大頭覺，就這麼錯過了我跟朝比奈在優雅的船內可能發生事情的大好良機。
唉呀，真是太掃興了。我能讓難得的暑假就這麼過了嗎？到目前為止，我的所有回憶就只有抽鬼牌。在船上不是應該發生某些更像樣的事情嗎？譬如在海風輕柔的吹拂下，兩個人互訴衷曲的悠閒時光？

我很想一把抓起貪睡幾個小時之前的我的胸口，狠狠踹上一腳。

我頂著半清醒、半沉睡的腦袋，不斷地在心裡自我批判。

啪！

一陣閃光照得我天旋地轉。

我把視線朝聲音的出處移過去，只見朝比奈拿著相機。露出楚楚可憐的微笑娃娃臉天使說：

「嘻嘻！我把你剛睡醒的樣子拍下來了。」

臉上淨是惡作劇成功的幼稚園小朋友一樣的表情。

「我也拍下了你睡覺的樣子。你真的睡得很熟耶？」

頓時，我渾身充滿了活力。朝比奈偷拍我的理由何在？會不會是她實在太想要我的相片？不會是想把放了我的相片的可愛相框擺在枕邊，每天晚上睡覺前跟我說一聲「晚安」吧？這個好。就這麼想吧！

真是的，真想要我的相片的話，要多少張我都可以給妳的呀！就算把不知道塞在家裡哪個地方的相簿，整本都奉獻給妳也沒有關係。

可是，就在我想提出這個建議時，朝比奈卻把手上拿著的即可拍相機交給了春日。

「阿虛，你在鬼笑鬼笑什麼？看起來簡直像個笨蛋一樣，勸你還是別那樣傻笑的好。」

春日露出想把事故現場拍攝到的獨家相片出售給某家報社似的表情，將相機塞進自己的行李裡面。

「我請實玖瑠擔任這次ＳＯＳ團的臨時攝影師。可不是拍我們玩的時候的照片哦！我要的是可以把我們ＳＯＳ團的活動紀錄留傳給後世子孫的寶貴資料。可是這個小丫頭，老是照個人喜好拍一些沒用的東西，所以以後都要遵從我的指示。」

那麼，我的睡臉和剛睡醒的臉有什麼資料性的價值？

「我要把一點合宿的緊張感都沒有、頂著一張笨臉睡覺的你的相片流傳出去，讓後世引以為戒！聽好了！團長沒睡，底下的人卻睡得直打呼，這是違反道德、紀律以及團規的！」

春日頂著一臉天知道是在笑還是生氣的表情瞪著我。我知道，就算問她什麼時候訂出所謂的團規也無濟於事。反正不會是什麼明文法規，姑且就讓我把她的話付諸流水吧！

「知道了啦！反正妳的意思就是如果不想睡臉被亂塗鴉，就不能比妳早睡對不對？相對的，如果我比妳晚睡的話，應該也可以在妳臉上畫鬍子吧？」

「什麼話？難道你想做那種小孩子的幼稚行為嗎？我可言明在先，我是個很警醒的人，就算睡著了也會反擊的。還有，對團長做出那種愚蠢行為的團員，會被判死刑的。」

喂，春日，目前在一些先進國家採用死刑制的其實佔少數。關於這一點妳有什麼想法？

「為什麼我得評論別的國家的刑法？問題不是發生在外國，是發生在待會兒我們要去的那個不可思議的島！」

我一邊祈禱著千萬別出事，一邊將自己的包包拉過來。

船隻猛烈地晃動著，可能是進入靠岸的準備階段了。其他的乘客也三三兩兩地走向通道，朝著出口附近移動。

「不可思議之島啊……」

我們要去的島是什麼樣的島啊？至少別是突然浮上水面、或者突然就流走的島嶼就好了。

「不用擔心。」

古泉彷彿洞察了我的心思似地點點頭：

「那裡沒有什麼特徵，只是一座遠離陸地的小島而已。既沒有怪獸，也沒有瘋狂的博士，這點我可以保證。」

這傢伙的保證一點用都沒有。我無言地以視線詢問頂著一張白皙臉孔的長門。

「……」

長門也無言地回答我。要是真的有怪獸出現，會幫我們打敗牠的應該是這傢伙吧？有勞妳了，外星人。

船身再度劇烈地晃動。

「啊！」

長門不動聲色地扶住失去重心、差一點跌倒的朝比奈。

管家和女侍正等著下了遊艇的我們。

「嗨，新川先生，好久不見了。」

古泉朗聲說道，舉起一隻手打招呼。

「森小姐也是。有勞兩位前來接我們，真是不好意思。」

然後古泉回頭看著驚訝得張大了嘴巴的我們，以舞台演員刻意表演給二樓觀眾看的誇張動作攤開兩手，臉上的嘴巴則咧得比平常大了四倍。

「我來介紹：這兩位是在我們即將前往叨擾的宅邸服務，並負責關照我們的新川先生和森小姐，他們的工作分別是管家和女侍。啊，看他們的打扮應該就知道了。」

要知道還真的滿容易的。我再度看向那兩個鞠完躬就文風不動的異形。我想這種狀況，只有用「目不轉睛」來形容才夠貼切吧？

「讓各位久等了，我是管家新川。」

穿著三件式黑西裝的白髮、白眉、白鬍鬚老紳士打了聲招呼，再度行了一個禮。

「我叫森園生。我是女侍，請多多指教。」

站在他旁邊的女性，也以同樣的角度低下頭去，然後又以同步到讓人懷疑他們已經演練過N次的時機一起抬起頭來。

新川先生儘管好像上了年歲，從容貌上看來卻年齡不詳；而叫森園生的女侍看起來也是年齡莫辨。看起來跟我們差不多年紀，是因為刻意裝年輕嗎？或者只是因為她長了一張娃娃臉？

「管家跟女侍？」

春日措手不及似地嘟噥著，我的心境跟她差不了多少。我不知道在日本竟然真的存在著這種職業。我一直以為這種職業只是一種概念上的存在，早就已經化石化了。

原來如此。站在古泉身後、一副畢恭畢敬模樣的那兩個人，看起來確實很像管家和女侍。符合的程度之高，至少在聽到他們自我介紹之後，確實會讓人心有戚戚焉地想：「啊……是這樣啊？確實很像。」尤其是身為女侍的那個——叫作森小姐來著的？那個女人怎麼看都像個女侍。因為，她身上四平八穩地穿著女侍的衣服。這些話出自每天在文藝社社團教室裡看著女侍打扮的朝比奈的我口中，所以大家大可相信。而且新川先生和森小姐的服裝不像春日只為了沒意義的遊戲而找來，看來純粹是出自職業上的需求。

「哇……」

朝比奈發出呆滯的聲音，帶著驚訝的眼神凝視著他們兩人——從某方面來說，應該是凝視著森小姐。一半是驚訝，30％是困惑，而剩下的20％是什麼呢？我覺得好像帶著些許的羨慕。搞不好在春日的強制下，她在不知不覺當中已經對真正的女侍產生一種憧憬了。

這時候的長門既沒有發表任何感想，臉孔也絲毫沒有改變，只是將她那對舊石器時代的黑曜石製的箭頭般的眼睛，定在那兩個擔任具有大時代意義職業的人身上。

「那麼，各位——」

新川先生以歌劇歌手般的渾厚男高音邀請我們：

「我們已經備好了船。前往我家主人等著的島嶼，大概要半個小時左右的行程。那邊是座孤島，若有任何不便，請各位見諒。」

森小姐也一起行禮致意。我莫名地覺得全身搔癢。我實在很想告訴他們，我們並沒有偉大到需要他們如此慎重其事地對待。難道古泉是哪個達官貴人的公子？本來我認為這傢伙只是個不定期發功的超能力者，難不成他有著一回到家就會被下人尊稱為「少爺」的顯赫家世？

「我一點都不在乎！」

春日以彷彿要將我腦海裡打轉的所有問號一口氣打散的豪邁聲音說道。定睛一看，春日露出了一張成功地從白痴贊助者那邊榨取到大筆資金的騙人電影製片般的笑容。唔～

「那才像是孤島啊！不要說半個小時，幾個小時我們也去！遠洋上的孤島正是我要的狀況。

阿虛、實玖瑠，你們也高興一點吧。孤島上有宅邸，甚至還有怪異的管家和女侍哦！這樣的島，找遍全日本大概也只剩下第二座吧！」

不會有兩座的。

「哇！好棒……好期待啊！」

先別管按照春日的要求死板地嘟嚷了一聲的朝比奈了，春日竟然當著本人的面用「怪異」這個形容詞，真是太沒禮貌了。但是他們兩人也只是盈盈地笑著，搞不好他們真的很怪異也說不定。

唉，怪異的是整個狀況才對。而且要說怪異，我們ＳＯＳ團的怪異程度也不落人後，所以也不該批評別人。不過，並不用事事都讓春日洋洋得意。

我望著和新川管家談笑風生的古泉，凝視著兩手合攏、含蓄地站著的森小姐，然後漫不經心地把視線望向遠方的海面。風平浪靜，而且晴空萬里。現在應該沒有颱風要來。

到底我們能不能平安無事地再度踏上日本本土的土地呢？

長門悠然的撲克臉，看起來是那麼地值得依賴。我真是沒用啊。

新川先生和森小姐帶我們前往的地方，是距離遊艇出港處不遠處的一座棧橋。本來我一直想像著會看到一艘小船，沒想到我們到達的地方竟然停著一艘隨著海浪晃動、彷彿飄浮在地中海上、如詩如畫的私人遊艇。這艘遊艇豪華的程度，讓我根本不想問它有多少價值。頓時，我產生了一種上船之後非釣它一隻旗魚不可的心情。

都是我在這邊茫然出神惹的禍。姑且不管一躍就跳上船的春日，看到船就大驚失色的朝比奈和淡然地發愣的長門，都已經在古泉的護衛下上了船，這個任務本來是我想擔任的，現在就算再懊悔也喚不回逝去的時間了。

我們被帶到船艙去，還來不及驚嘆船上為什麼會有這種西式客廳之前，遊艇就已經緩緩地出港。這幾年來從事管家工作的人似乎都領有遊艇執照，現在正在開船的就是新川先生。

順帶一提，森園生小姐就坐在我的正對面，臉上帶著柔和的微笑，彷彿船內的裝飾品一樣。時髦而充滿危險的女侍模樣。我覺得她身上的衣服，似乎比春日讓朝比奈在社團教室裡穿的還薄了一些，不過不巧我對女侍服裝業界非常陌生，所以不是很清楚。

心情忐忑不安的好像不只是我，朝比奈也一樣，打從剛剛她就一直瞄著女侍的衣服，顯得坐立難安。難道她想實地見識女侍為何物，做為在社團教室的行為參考嗎？她就是這麼一個會在莫名其妙的地方特別執著認真的人。

長門正對著前面，一動也不動。古泉則帶著悠然自得的表情，保持他一貫的笑容。

「真是艘好船。安排個釣魚的計畫也不錯吧？」也不知道他是在向誰提議。

至於這時的春日——

「對了，那棟建築物叫什麼來著？」

「您的意思是？」

「是不是取了黑死館或斜頂屋，或者豎琴莊、纐纈城（註：分別取自推理小說作家小栗虫太郎、島田莊司、鮎川哲也、國枝史郎的作品）之類的名稱？」

「沒有。」

「有沒有藏了許多奇怪的陷阱，或者設計房子的人死於非命，或者有住進裡面一定活不成的房間等等讓人膽顫心驚的傳聞？」

「這倒沒有。」

「那麼，是不是宅邸的主人戴著面具，或是腦袋裡面住著有點搞笑的三姊妹，或者最後全部人都消失了之類的？」

「沒有呢。」管家又補上一句：「目前還沒有。」

「這麼說來，今後發生的可能性很高囉？」

「或許吧。」

這個管家是不是在呼攏人啊？

船隻出發的同時，春日就爬到控船室，和新川聊起上述的對話。從混雜在引擎和波浪聲之間隱約傳來的談話內容看來，春日對孤島上的宅邸似乎有著過度的期待。話又說回來，這傢伙幹嘛一直要求一個遠離陸地的小島具有那麼多的怪異特質？只要游游泳，悠哉悠哉地閒晃，加深朋友之間的友愛之情，然後心情愉悅地踏上歸途不就夠了？我懇切地這樣期盼著。

或許已經太遲了。

沒想到居然會出現管家和女侍，這比在市民游泳池被藍鯊魚咬到更出乎我想像之外，所以就算有戴面具的主人或其他言行舉止怪異的客人，我也早就不覺得驚訝了。古泉這小子，下一次到底打算祭出什麼驚奇盒啊？

「哇！看到了！那就是館嗎？」

「是別墅。」

春日那巨大的尖叫聲轟然作響，化成一陣雷鳴刺進我的心房。

那棟別墅之類的，其實看起來很普通。

太陽慢慢地往西方傾斜，但是距離黃昏還有一段時間。別墅籠罩在日暮當中，彷彿閃著光芒。畢竟我一直認為，反正別墅什麼的這輩子跟我鐵定無緣。

盤踞在陡峭山崖上的建築物，看起來就像是有錢人蓋在避暑地一帶的建築。構造沒有特別可疑之處，也不像是將歐洲的古老城堡移建而來的，更不是牆面上爬滿藤蔓的紅磚洋房，也沒有高聳的怪塔連綿其上，更別說像忍者之家一樣藏有鬼魂了。

果然，春日臉上露出了本來以為是炸豬排、一入口才知道是炸洋蔥似的愴然表情，定定地看著那棟別墅（照春日的說法是間洋館）。

「嗯，跟我想像的差好多。外表也是個重要的因素耶，設計這座宅邸的人有沒有去參考前人的資料啊？」

我跟春日一起站在甲板上，觀賞島上的風景。我是被春日從船艘裡給硬拉出來的。

「阿虛，你覺得怎樣？明明是座孤島，房子卻蓋得這麼普通，你不覺得很可惜嗎？」

我是這麼覺得。大可不用跑到這種地方蓋別墅吧？想到便利商店，搭上自家用的快艇往返也要一個小時的時間，要是半夜肚子餓了，要到什麼地方找吃的啊？再說，好像也沒有飲料的自動販賣機。

「我說的是氣氛的問題啦！我一直認為它是那種陰森鬼魅的館，照這個樣子看來，完全只是個悠靜的渡假地而已嘛！我們的目的，可不是為了到有錢朋友家的別墅來玩。」

我一把拂開春日被風吹散，刺痛著我臉頰的頭髮。

「這才叫合宿啊。妳想做什麼特訓？像冒險家一樣去探險嗎？還是想模仿漂流到無人島時的情境？」

「啊，那也好。我這就把島上探險列入行程當中。搞不好，我們會成為第一個發現新種動物的人呢。」

糟糕，我竟然說出了增強春日眼中光芒的話。求求你了，島啊，可千萬別跑出沒有必要的東西來。

正當我向覆滿綠意的小島誠心祈禱的時候——

「這一帶的島嶼，好像都是因為遠古的海底火山爆發而隆起形成的。」

古泉一邊說著，一邊慢慢地走出來。

「姑且不論新種動物，搞不好會跑出個古代人殘留下來的土器碎片什麼的。也有之前日本人在航行途中順路上岸來的遺跡。很有戲劇性吧？」

我覺得古代的故事和全新的別墅之間好像沒有任何關聯性，不過對於尋找土龍和挖穴我也是敬謝不敏的。兵分兩路會不會比較好？春日跟古泉去當島上的探險家，我跟朝比奈還有長門在海邊閒晃。真是Nice Idea。

「咦？那邊有人！」

春日所指的方向，是一座看起來像是剛建好的小碼頭。可能是這艘快艇專用的碼頭，並沒有其他的船隻停泊。一道人影站在像防波堤的地方的前端，朝著我們揮手。看起來是個男性。

春日反射似地揮了回去。

「古泉，那個人就是館的主人嗎？看起來挺年輕的。」

古泉也一邊揮手一邊說道：

「不是，是我們之外應邀前來的客人。大概是館主的弟弟吧？之前我只見過他一次。」

「古泉。」我插嘴道：「這種事應該事先說清楚嘛！我先前都沒聽說，除了我們之外還有其他客人。」

「我也是剛剛才知道的。」

古泉不慌不忙地閃了過去。

「可是不用擔心啦！他是個很好的人。當然，館主多丸圭一先生也是好人。」

據說那個多丸圭一先生在這麼偏僻的地方蓋別墅，是為了充作夏天的臨時居所，是一個相當異想天開的人。他是古泉的遠房親戚，相當於這傢伙的母親的堂兄弟之類的。詳細情形我不清楚，不過，聽說他在生化科技的領域成果豐碩，現在才能夠過著優渥自得的生活。他一定擁有龐大到不知道該怎麼用才好的財富。否則，我想他是不會蓋這種別墅的。

朝著專用碼頭駛去的快艇慢慢減速，來到可以看清楚人影表情的距離。這個人一身打扮非常年輕，看起來大概二十出頭吧？可能是多丸圭一先生的弟弟。

管家是新川先生，女侍是森園生小姐。

剩下的就只有壓軸的館主多丸圭一先生了。

登場人物就只有這些嗎？

回頭想想，我們一大早就在船上搖晃了幾個小時之久，拜此之賜，我到現在還覺得地面在晃動。

那個青年帶著快活的笑容，上前迎接暫時從快艇回到地面的我們。

「呀，一樹，好久不見了。」

「阿裕先生也一樣，謝謝您特地跑來。」

古泉回應道，緊接著便一一介紹我們。

「這些是在學校裡非常關照我的幾位朋友。」

我不記得什麼時候關照過你，但是古泉逐一指著排成一列的我們。

「這位清純的少女是涼宮春日同學，是一位難得的朋友。平常總是自由自在、非常豪爽，她的行動力非常值得我學習。」

這是什麼介紹詞啊？我的背部不禁冒出了冷汗。喂，春日，妳也一樣。幹嘛頂著那副假面具畢恭畢敬的啊？難不成是暈船讓妳的腦組織受損了嗎？

但是，春日卻露出讓人腦缺氧的正經笑容說：

「我姓涼宮。古泉是我的團……不，是同好會中不可或缺的人材。邀我們到島上來玩的也是古泉，他是值得信賴的副團……不，是副會長。嘿嘿。」

古泉無視於我全身直冒的寒氣，繼續介紹其他的成員。譬如——

「這位是朝比奈實玖瑠同學。如您所見，是一位可愛又美麗的偶像學姊。她的微笑已經達到了實現世界和平的水準。」

或是……

「這位是長門有希同學。學業成績非常好，堪稱是前所未見的知識寶庫。個性有點沉默寡言，不過這也正是她的魅力所在。」

他滔滔不絕地唸著這些肉麻的檔案內容，當然我也逃不過古泉那婚姻介紹所檔案似的誇張言詞的攻擊，不過這時候我寧願略過不提。

帶著果然不愧是古泉的親戚般的微笑，阿裕先生說：

「歡迎光臨，我是多丸裕，只是一個在哥哥公司幫忙的小雇員。我曾經聽一樹多次提到各位。他突然轉學，讓我很為他擔心，現在知道他交到了這麼多好朋友，真是太欣慰了。」

「各位。」

新川先生開朗而厚重的聲音在背後響起。

回頭一看，只見抱著大包行李的管家先生和森園生小姐正從船上下來。

「這邊太陽太強了，請大家先移駕到別墅去吧？」
阿裕先生一聽便點點頭說：
「說的也是。哥哥正在等著各位，把行李帶進去如何？我也來幫忙。」
「我們不要緊的。請阿裕先生幫忙新川先生和森小姐，他們好像在本島那邊採買了許多食材。」
古泉笑著說，阿裕先生也回他一個微笑。
「那可真讓人期待啊！」
在一陣客套的寒暄之後，我們在古泉的帶領下，朝著山崖上的別墅前進。
事後想想，這時候就已經有一股奇怪的氣氛產生了。
唔，說起來這也算是馬後炮吧。

如同富士山第八縫口的登頂路似的階梯盡頭，就是別墅的所在位置。說來對春日很抱歉，但是眼前確實是聳立著一棟不折不扣的別墅，而不是她所期待的某某館或日式大宅院。
三層樓的白色建築物，給人一種平板的印象，大概是因為橫向體積實在太寬的緣故吧？我甚至想要數一數到底有多少房間。我想，大概可以同時住進兩支足球隊伍沒問題。別墅座落的地方，看起來像是將茂密的樹林砍伐掉之後闢出來的土地，可是那些建築材料又是怎麼運到這種地方來的？大概需要有一點規模的人力作戰吧？有錢人做的事真讓我摸不著頭緒。

「往這邊請。」

古泉彷彿實習管家似地把我們帶往玄關。大家在這裡排成一列。就要跟豪宅的主人面對面了。緊張的一瞬間。

只有春日，像是一匹不合群的馬般獨自突出於行列之前。我很清楚她心裡盤踞著難以形容的期待，連她的舌頭似乎都在一吸一吐。朝比奈模樣可愛地摸了摸自己的頭髮，一心想著讓對方有很好的第一印象；而長門則一如往常，像陶器製的招財貓一樣文風不動地站著。

古泉回頭看了我們一眼，臉上露出淺淺的微笑，同時很自然地按下了大門附近的對講機。

有人應門，古泉又滔滔不絕地說了一遍寒暄用語。

等了幾十秒，門慢慢地打開來。

不用說，站在眼前的是既沒有戴著鐵面具、也沒有戴著奇怪的帽子和太陽眼鏡、更沒有突然襲擊我們、也沒有用一大堆莫名其妙的高深言辭讓我們摸不著頭緒的、非常平凡的大叔。

「歡迎！」

我不知道叫多丸圭一的先生是不是什麼暴發戶或什麼富翁，但是眼前這個平凡的大叔穿著高爾夫球衣配上工作褲，張開一隻手做出延請我們入內的動作。

「一樹，還有各位，我等好久了。老實說，這裡可真是非常無聊的地方，住到第三天就覺得厭煩了。曾經應邀前來的除了阿裕之外，就只有一樹了。啊呀！」

圭一先生的視線滑過我的臉，再經過朝比奈、春日、長門。

「一樹，你這一群朋友真是可愛啊！我聽一樹說過，沒想到都是一些比傳聞中更漂亮的人。各位讓這座荒涼的小島蓬壁生輝呢！太歡迎了。」

春日盈盈笑著，朝比奈低頭致意，長門則一動也不動，三個人有三種不同的反應，但大家都以彷彿看著明明是世界史的時間、卻出現在教室裡的音樂老師似的眼神，面對擺出衷心歡迎我們到來的肢體語言的圭一先生。過了一會兒，春日往前踏出一步說：

「非常謝謝您今天招待我們到這裡來。能夠住在這麼華麗的別墅，真是我們的榮幸。我代表所有的人在此獻上謝意。」

她以宛如朗誦作文般的語氣，而且比平常高八度的聲音說道。這傢伙打算在合宿期間都這樣裝模作樣嗎？我倒認為在她剝下羊皮、露出尖牙之前，先把頭上的透明面具給丟掉比較好。

多丸圭一先生可能也是這麼想的吧？

「妳就是涼宮同學嗎？咦？跟我聽到的傳聞差很多嘛！照一樹的說法，妳應該是更……嗯，該怎麼說呢？一樹？」

話鋒突然轉到古泉身上，他依然臉不紅、氣不喘，絲毫不顯狼狽。

「是率直的人吧？我記得我是這樣說的。」

「那就這麼說吧！對了，說妳是一個率直的少女。」

「啊，是嗎？」

春日很乾脆地將隱形面具給拿下來了。她帶著在社團教室以外的地方，鮮少讓人看到的極品笑容說：

「別墅主人，首次見面，請多指教！請容我直截了當地問，這座宅邸有沒有發生過什麼事件？或者這座島有沒有讓當地人稱為某某島之類的可怕傳聞？我對這種事情最有興趣了。」

別對第一次見面的人發表自己怪異的興趣。應該說，別對主人說些最好發生過事件之類的蠢話。要是被趕回去的話怎麼辦？

可是，多丸圭一先生實在太寬宏大量了，他只是笑著說：

「我跟妳的興趣大致相同，但是這邊還沒有發生過事件，因為這棟別墅前幾天才剛剛蓋好。關於這座島的來歷我也不清楚，但並沒有聽到特別不好的事情。而且，這原本是一座無人島。」

他充分表現出人情味，把手伸向後方。

「別站著說話，請進吧！這是西式建築，直接穿鞋進來也沒關係。我想還是先帶你們進房間好了。本來想請新川充當導遊的，不過他好像還在搬運行李，沒辦法，就由我自己來擔任這個角色吧。」

圭一先生說著，便親自帶領我們入內。

真希望能提供給大家別墅內的簡圖和房間分配表，但是我從小學低年級，就知道自己一點繪畫才能都沒有，所以還是敬謝不敏了。簡單說來，我們住宿的房間全部都在二樓，多丸圭一先生的臥室和阿裕先生休息的客房則在三樓。或許這就表示他們是最親近的血親。管家新川先生和女侍森小姐，則在一樓有各自的小房間……

就是這麼回事。

「這棟別墅有名字嗎？」

春日問道，圭一先生露出苦笑回答：

「目前還沒有想過。如果有個名字比較好的話，那我就來徵名吧。」

「是啊。取個慘劇館或恐怖館的，你認為怎樣？而且每個房間最好也都取一個名字，譬如吸血房或者詛咒房之類的。」

「啊，那很不錯啊！下次邀請客人來之前，我會準備好名牌的。」

我根本就不想睡在那種聽起來好像會作惡夢的房間裡。

我們一行人穿過大廳，爬上高級木材製的樓梯到達二樓。屋內的結構就像飯店一樣，羅列著一扇又一扇的門。

「房間的大小沒有多大差別，不過有單人房和雙人房之分。喜歡哪一個房間，就用哪一個房間。」

怎麼辦呢？我跟誰同房都無所謂，但是我們一共有五個成員，要是分成兩間，就會多出一個人來，怎麼想都覺得長門會被排除在外。如果我直接公佈室友名單的話，我想長門是不會在意的，但是可能會被春日的反拳給瞬間擊殺。

「嗯，我想一個人一個房間也不錯啊。」

古泉做出了結論。

「反正只有睡覺的時間會在房裡吧？要在各個房間之間往來，也按照個人的意思。順便問一下，門可以上鎖吧？」

「那當然。」

多丸圭一先生笑著點點頭。

「鑰匙就放在房間的床頭櫃上。這不是自動上鎖的門，就算忘了帶鑰匙出來，也應該不會被關在門外。不過請各位小心保管，別弄丟了鑰匙。」

我就不需要鑰匙了。即使是就寢前，我也會把房門洞開著。因為等大家熟睡了之後，或許朝比奈會因為某種理由而偷偷溜過來。況且，我也沒有帶什麼值得偷的東西，我想應該沒有人會在這種很容易鎖定犯人的狀況下企圖行竊吧?就算有,那個臭小偷也一定是春日。

「那我去看看新川他們準備的情形。各位可以趁現在自由地在屋內散步,請別忘了確認逃生口的位置。待會兒見。」

圭一先生說完就下樓去了。

春日這樣形容對於多丸圭一先生的印象:

「因為不奇怪,反而顯得更奇怪。」

「那麼要是看起來就奇怪的話,妳要怎麼解釋?」

「就照看的印象啊!一定是個怪人沒錯。」

總之,照這傢伙的主觀想法,這個世界上根本就沒有不奇怪的事物。這種判斷標準可能連ＩＳＯ(註:國際標準組織)也會感到驚訝。將來妳可以到ＪＡＲＯ(註:社團法人日本廣告審查機構)去工作。想必一定可以過著令妳滿意、每天拚命工作的日子吧?

我們把行李放到隨意分配的房間之後,到春日選作她房間的雙人房去集合。一個人佔用雙人房是非常春日式的作為。總之,這傢伙的性格跟客套或優雅是無緣的。

三個女生坐在床邊,我坐在化妝台前,而古泉則泰然自若地交抱著雙臂靠在牆上。

「我知道了！」

春日倏地大叫，我一如往常，做出脊髓反射式的答腔：

「知道什麼？」

「犯人。」

春日如此斷言道，她的臉上莫名地充滿了推理神探般的確信色彩。

我勉為其難地代表其他三個人發言：

「什麼犯人？什麼事情都還沒開始呢。我們才剛到耶！」

「依我的直覺，犯人就是這裡的主人。我想，最先會被鎖定的目標就是實玖瑠。」

「啊？」

朝比奈好像真的嚇到了。她就像一隻聽到老鷹振翅聲的小兔子一般渾身發抖，一把抓住坐在旁邊的長門的裙子。長門什麼話都沒說。

「…………」

只是默默地把視線停在半空中。

「我問妳，是什麼犯人啊？」我再度問道：「應該說，妳打算把那個多丸圭一先生塑造成什麼樣的犯人？」

「我怎麼會知道？看他的眼神，就像有什麼企圖一樣。我的直覺通常是很準的。到時候，我們一定會被捲進讓人驚訝的事件當中。」

如果只是單純的驚喜派對倒還好，但是春日期待的，好像不是附帶亂七八糟結局的慶生會那樣讓人渾身不自在的冷場演出。

試著想像一下吧。突然剎下大好人的笑臉，眼裡閃著瘋狂的光芒，手上拿著切肉的菜刀，企圖將住宿的客人一個個開膛剖肚的圭一先生。因為一個不小心，將原本在島上森林深處的史前墓穴遺跡給弄倒，結果被封在裡面的太古惡靈附身，要拿我們當供品而猛烈敲著門的大叔的模樣。

「有這種蠢事嗎？」

我把伸出去的一隻手朝著水平方向移動，在空無一物的半空中做出「您別挨罵了」的動作。

再怎麼說，古泉認識的人應該不會變成這樣的。那個叫「機關」的組織總不會全都是一些傻瓜，他們在事前應該已經做過現場勘查了。古泉一如往常帶著人畜無害的笑容，而新川管家、森園生小姐還有多丸裕先生，看起來也跟驚悚人物的形象差太遠了。說來春日這次的願望並不是磁場干擾，而是推理故事，不是嗎？

如果會發生事情，頂多是一、兩個連續殺人事件吧？而且，我並不認為事情會就真的那麼如她所願發生。外頭天氣那麼晴朗，海面上也風平浪靜。這座島並非一個封閉空間。

再說，就算春日再怎麼瘋狂，應該也不會打從心底希望出現死人吧？萬一春日真是那樣的傢伙，一路上睜隻眼、閉隻眼陪她走過來的我，那幾乎要盈滿的、容量很小的忍耐限度，一定會當場爆掉。

春日完全沒有看穿我內心些許的擔憂，用天真的聲音叫著：

「我們先去游泳！來到海邊，除了游泳之外還能做什麼呢！各位，盡情地游吧！我們來比賽，看誰最先被海水沖走！」

這倒不錯。如果海上救難隊就在旁邊隨時待命的話。

可是我們才剛抵達，真的就要行動了嗎？難道妳就不想稍微消除一下搭船旅行的疲累嗎？話又說回來，搞不好春日根本就不覺得累，可是多少也該考慮到別人一點，別老是以自己為標準做事嘛！

「你說什麼鬼話？就算向阿波羅神殿獻祭，太陽也不會停下腳步的啦！要是不趁太陽落到水平線之前出發，就太浪費時間了。」

春日伸出兩隻手臂，勒住朝比奈和長門的脖子。

「哇～」朝比奈翻著白眼尖叫，而長門則「……」地沒有反應。

「泳衣！泳衣！換上泳衣到大廳集合！嘻嘻嘻，這兩個小姑娘的泳衣是我幫她們選的哦！阿虛，很期待吧？」

春日帶著「你在想什麼我早就看穿了」的表情，不懷好意地露出白皙的牙齒。

「沒錯。」

我重新振作起精神，挺起胸膛。因為我來這裡的目的，有一半就在於此。我可不允許任何人有異議。

「古泉，這邊的私人海灘是包租下來的嗎？」

「嗯，是的。觀光客頂多在沙灘上撿撿貝殼吧？這裡很少有人會來，不過水流速度很快，最好還是別游出去太遠。如果妳剛剛說要一決勝負是當真的話……」

「怎麼可能嘛？開玩笑的啦！實玖瑠這傢伙，一定三兩下就被黑潮給沖走，成了鰹魚的飼料了。各位，聽好了，不要得意忘形游太遠喔。請在我的視線範圍之內嬉戲。」

把保護者的任務交給最得意忘形的春日恰當嗎？看來我只有鼎力相助了。至少我要小心翼翼，確保自己的視線不離開朝比奈超過兩秒鐘以上。

「喂，阿虛！」

春日的食指戳著我的鼻尖。

「你鬼笑的臉讓人看起來很不舒服，別再笑了！你挺多只適合半張著嘴的哭喪臉。我可不會把相機交給你的！」

從頭到尾都情緒高昂、目中無人的東方特快車春日，一邊笑著一邊發號施令：

「哪，大家走吧！」

就這樣，我們抵達了。

這裡是海岸，也是沙灘。太陽已經西斜，但是光線和熱度卻還是不折不扣的夏天水準。前仆後繼的海浪沖刷著砂礫，像棉花糖一樣的白雲緩緩地在遠方藍空中移動。潮香刺鼻的海風吹拂著我們的頭髮，然後緩緩拂向海面。

說私人海灘是很好聽，但是其實只是一個根本不需要特別包租、人煙杳然的島上海灘而已。要是有人會跑到這種地方來做海水浴，我想大概只有被胡說八道的旅遊雜誌騙來的外國觀光客吧？無庸置疑，除了我們五個人之外，一眼望出去根本就沒有其他的人影，連一隻水鳥也沒有。

因此，能夠沉浸於觀賞春日她們幾個女生穿著泳衣模樣的光榮當中的，就只有附著在岩石上的藤壺（註：一種甲殼動物）而已。除了我跟古泉之外。

我把蓆子鋪在遮陽傘下，瞇細了眼睛觀賞著朝比奈羞澀的一舉一動時，春日卻從旁邊殺進來，一把抓住朝比奈。

「實玖瑠，在海裡游泳才是最棒的！我們走吧！不曬曬太陽對身體健康有害哦！」

「啊，我不是很喜歡曬太陽。」

春日不理會畏縮不前的朝比奈，拉著和白皙而嬌小的學姊就這麼衝進水裡，潛下。

「哇！好鹹！」

朝比奈竟然為這種理所當然的事情感到驚訝，在海中啪啪啪地拍打著水面。

這時的長門——

「…………」

端坐在蓆子上，穿著泳衣默默地閱讀攤開的文庫本。

「玩樂的方式真是百人百樣啊。」

正在吹海灘球的古泉，鬆開嘴巴對著我露出微笑。

「閒暇時間本來就該按照自己喜歡的方式過，否則就不叫休閒了。這四天三夜，難道你不打算悠閒自在地享受合宿生活嗎？」

按照自己喜歡方式過的只有春日吧？我從來就不認為老是被迫配合的朝比奈，能夠體會到悠閒的滋味。

「喂，阿虛！古泉！你們也過來！」

春日像警報一樣的聲音朝著我們大響，我只好站了起來。真要說實話，其實我並不排斥。姑且就不說春日了，能夠待在朝比奈身邊，正是我衷心的願望。我從古泉手上接過已經吹飽了

的海灘球，開始走在炙熱的沙灘上。

感覺到身體產生適度的肌肉疲勞之後，我們回到了別墅，洗了澡後在房間裡稍事休息一下。此時天空已經整個被星辰佔滿。森小姐將我們領到餐廳去。

晚餐時間。

當天的晚餐還真是豐盛豪華。我想這並不是因為迎合朝比奈的願望，然而每個人卻都有一份生魚片拼盤。光是這樣，就讓天生貧窮的我不由得正襟危坐、肅然起敬了。這樣的款待竟然食宿全免費？真的可以嗎？

「無所謂。」

多丸圭一先生滿臉笑容地展現出大方氣度。

「希望各位把這些當成你們大老遠跑到這邊來的犒賞，因為我實在過得太無聊了。不，其實我還是會挑客人的，不過既然是一樹的朋友，我當然非常歡迎。」

不知道什麼原因，圭一先生的打扮跟先前迎接我們時完全不同，穿得非常正式。身上穿著一套黑色西裝，領子上則打了個蝴蝶結。送上來的料理是日洋綜合式的，有羊肉、法式黃油烤魚、還有蒸什麼的東西，五花八門，但是用刀叉將料理送到嘴邊的只有圭一先生。我們幾個打一開始就要求用筷子。

「好好吃喔！是誰做的啊？」

春日一邊展現出忍不住想推薦她去參加大胃王比賽的驚人食欲，一邊問道。

「管家新川同時身兼廚師。手藝很不賴吧？」圭一先生說。

「我一定要跟他道一聲謝。待會兒請把他叫來。」

春日已經擺出一副到高級餐廳用餐的老饕架子了。

我望著每吃一口就驚愕得瞪大眼睛的朝比奈；看起來吃得不多，沒想到竟然沒停過筷子的長門；還有開朗地和阿裕先生兩人談笑風生的古泉。

「喝點東西嗎？」

穿著女侍裝、從頭到尾扮演服務人員角色的森小姐，手上拿著細長的酒瓶，面露微笑。大概是葡萄酒吧。我覺得勸未成年人喝酒值得商榷，不過還是要了一杯來淺嚐。我是沒喝過葡萄酒啦，不過人多少總要有一些冒險精神。而且我一看到森小姐那充滿魅力的笑容，就覺得拒絕人家是不對的。

「啊，阿虛自己偷要了什麼？我也要那個。」

因為春日的要求，裝滿葡萄酒的杯子遂交到了每個人手中。

我覺得這正是惡夢的開始。

這一天，我發現朝比奈是一個完全沒有酒量的人，而長門則是一個恐怖的無底洞，至於春日真是無可救藥的發酒瘋醉鬼。

受到氣氛影響而喝了不少酒的我雖然記憶很模糊，但是我記得最後春日竟然一把抓住酒瓶不放，一邊豪飲一邊敲著圭一先生的頭。

「啊——你真是太棒了！為了感謝你招待我們前來，我就把實玖瑠留下來吧！你要好好地訓練她，成為一個更道地的女侍哦！這小妮子實在是不行！」

我隱約記得她這樣扯著嗓子喊叫著。

真正的女侍森園生小姐，彷彿排保齡球瓶似地將酒瓶擺在桌上，靈巧地削好了水果籃裡的蘋果和梨子，送上來當甜點。而社團教室裡的唯一假女侍朝比奈，則已經滿臉通紅，整個人趴在桌上了。

長門將森小姐送上來的酒類一飲而盡。也不知道她是如何在體內分解酒精的，只見她臉色一點變化都沒有，宛如鯨魚喝海水似地，將一瓶一瓶的酒都給喝光了。

一臉好奇的阿裕先生問：

「真的不要緊嗎？」

他狀甚擔心，這件事還存在於我的記憶一角。

當天晚上，似乎是古泉扶著已經完全不省人事的我回到床上。這是後來古泉帶著苦笑告訴我的。我跟春日好像還出了更多糗，但是反正我不記得了，於是我決定裝成沒聽到，也拒絕去記住這件事。就當成是古泉平常最擅長的玩笑吧！

因為，第二天就發生了將酒醉這件事情擠到一旁的大事。

第二天早上，突然吹起了暴風雨。

斜打過來的雨水敲擊著建築物牆面，強風的聲音聽起來充滿了不祥氣息。別墅四周的森林，彷彿棲息著妖魔似地轟隆作響。

「運氣真背耶。這種時候怎麼會有颱風呢？」

春日望著窗外，落寞地說道。這裡是春日的房間。大家集合在一起，正在討論今天要怎麼過。

時間在吃過早餐之後。餐桌旁沒見到圭一先生。新川先生說，圭一先生早上的身體情況特別差，起床之後總會覺得不舒服，因此中午之前起床對他來說幾乎是不可能的事情。

春日回頭看著我們：

「不過，這麼一來，這裡就真的成了孤島了。這可是一輩子難得碰到一次的狀況，搞不好真的會發生事件呢！」

朝比奈大吃一驚，視線不安地在半空中游移。但是古泉和長門的面部表情則是照常營業。

昨天那麼風平浪靜的海面，已經進入了大浪警報狀態，超出船隻可以出海的程度。如果後天也是這個樣子，我們就真的必須在不得已的狀況下，如春日所願被封閉於島上了。封閉軌道。不會吧？

古泉露出一副企圖讓大家安心的笑容：

「看起來這個颱風的腳步走得很快，我相信後天之前應該就會好轉吧？常言道，來也匆匆、去也匆匆啊。」

照天氣預報的說法，的確是這樣沒錯。但是，昨天可沒有聽說任何颱風要來的消息啊！這場暴風雨，是從哪個傢伙的腦袋裡頭湧出來的啊？

「事出偶然。」

古泉一副從容的樣子。

「這是一般的自然現象，堪稱是夏季風情的一部分吧？每年總會來一次大型颱風嘛。」

「今天本來想到島上探險的，現在看來得放棄了。」春日恨恨地說道：「沒辦法了，就讓我們找些可以在室內進行的遊戲吧！」

合宿的事情，似乎已經完全從春日的腦海裡消失得一乾二淨，重點好像轉移到遊樂方面了。這倒是值得額手稱慶的事情。因為我並不想在前往小島的另一邊時，看到有巨大生物的屍體被拍打上岸，還卡在岩壁裂縫裡。

古泉提出了他的意見：

「我記得這邊應該有遊戲室。我去跟圭一先生講一聲，請他開放給我們使用吧！麻將和撞球哪一種好？我們要求的話，應該也可以幫忙準備桌球桌。」

春日也表示同意。

「那就來個乒乓球大賽吧！以聯盟循環賽的方式，來決定ＳＯＳ團首屆乒乓球冠軍！想打撞球的人就委屈一下，在回程的渡輪上我再請喝果汁。可不准放水哦！」

遊戲室位於地下一樓，寬廣的大廳裡擺著麻將桌和撞球檯，甚至還有俄羅斯輪盤盤及巴克拉台（註：baccara，法國的一種紙牌賭博遊戲）。難道古泉的親戚私底下在經營賭場嗎？這裡是不是就是他們經營的賭場？

「你說呢？」古泉帶著愚蠢的笑容回答，將原本折疊好放在牆邊的桌球桌給拉了出來。

順便告訴各位，在和我展開一場激戰之後，春日獲得了乒乓球的優勝。之後又繼續舉辦麻將大賽，但除了古泉之外，ＳＯＳ團的成員都不懂得怎麼玩，於是成了一場邊玩邊教的遊戲。比賽中途，兩位多丸先生也加入了戰局，變成一場熱鬧的麻將大賽。曲解了規則的春日按照自己的方便來解讀，隨便亂打一通，編出了「三色缺一門」、「不純全帶么」、「一向聽金縛」等等創新術語。不過實在太好笑，所以就不跟她計較了。反正她也沒糊。

「糊了！差不多有一萬點！」

「涼宮同學，那是役滿喲。」

我偷偷地吐了口氣。或許往正面去思考會好一點。享受旅行的樂趣才是最好。現在看來，應該不會有大海獸出現，也不會有原住民從森林深處跑出來吧？再怎麼說，這裡都是遠離陸地的海上孤島，不會有什麼奇怪的東西從外頭跑進來的。

我這樣想著，決定讓自己放鬆心情。多丸圭一先生和阿裕先生、新川、森都是古泉認識的人，看起來也都很正常。對於發生奇怪的事件來說，登場人物可能稍嫌不足吧？

希望一切就這麼平順。我心裡想著。

可是，老天並沒有就此讓我稱心如意。

事件就發生在第三天早上。

吃吃玩玩的第二天過得很順利，而在天候越來越惡劣的晚上，和第一天同樣的宴會就像重播一樣再度上演。第三天，我淪落到頂著頭痛欲裂的頭起床的下場。要是古泉沒有來叫人的話，我想我跟春日還有朝比奈都會繼續昏睡下去吧？

拉開窗簾。第三天早上，豪雨和暴風仍然持續著。

「明天回得去嗎？」

我用冷水洗臉，企圖洗掉腦袋的暈眩。勉強可以直線步行。我小心翼翼地走下樓，不讓自己嘰哩咕嚕滾落樓梯。

露出跟我差不多表情的春日和朝比奈，以及表情一如往常的長門和古泉已經聚集在餐廳裡了。

多丸圭一和阿裕這兩兄弟還沒有下來，可能是連續兩天的宿醉達到極限了吧？我回想起春日把瓶子倒扣在他們兩人杯子上的模樣。平常就目中無人，加上酒精的作用而變得更天不怕地不怕的春日，她多不勝數的行徑使得我的頭痛威力全開、連升二級，我下定決心不再自不量力灌酒了。

「我不要再喝葡萄酒了啦。」

或許是在反省昨晚的所作所為吧？春日也皺著眉頭表示。

「不知道為什麼，晚餐之後的記憶完全消失了。這樣豈不是太可惜了？我覺得好像浪費了好多時間。嗯，我不要再喝醉了。今天晚上可是『無酒精之夜』哦。」

照理說，高中生本來就不該喝得爛醉，因此以春日一貫的舉止來看，或許我該誇獎她這句正經八百的宣言吧？只是，因為爛醉而一臉茫然的朝比奈看來如此地風情萬種，我不能否認我覺得這種程度的豪飲倒也無所謂。

「那就這麼辦吧！」

立刻表示贊同的古泉點點頭，對剛好推來早餐推車的森小姐說：

「今天晚上請不用準備酒了，只要一些果汁飲料就好。」

「我知道了。」

森小姐恭恭敬敬地行了一個禮，將裝了培根蛋的盤子擺到桌上。

一直到我們吃完早餐，多丸兄弟還是沒有出現在餐廳。姑且不論起床後一向情況欠佳的圭一先生，怎麼連阿裕先生都沒有出現呢？這時——

「各位。」

新川先生跟森小姐來到我們面前。我發現他那張管家特有的沉穩表情，混雜著某些難以言喻的困惑色彩，不禁有種不好的預感。

「發生什麼事了？」問話的人是古泉：「有什麼問題嗎？」

「是的。」新川先生說：「或許算是問題吧。剛剛我叫森到阿裕先生的房裡去探視。」

森小姐點點頭，接著管家的話說：

「因為房門沒有上鎖，於是我擅自打開了門，發現阿裕先生並不在裡面。」

她用鈴聲般的聲音說道，並凝視著桌巾：

「房間裡面空蕩蕩的，床上也看不出有睡過的痕跡。」

「而且，我試過用內線跟主人的房間聯絡，但是並沒有人回應。」

春日聽到新川先生這樣說，放開握住柳橙汁杯子的手。

「什麼意思？阿裕先生行蹤不明，而圭一先生沒有接電話？」

「直截了當地說，就是這麼一回事。」新川先生回答。

「進不去圭一先生的房間嗎？沒有備份鑰匙？」

「其他房間的備份鑰匙都由我保管，但是只有主人的房間另當別論，只有他本人有備份鑰匙。因為房裡有與工作相關的文件，為了小心起見。」

不祥的預感化為一層烏雲，開始籠罩在我內心的三分之一左右。沒有起床的豪宅主人。失蹤的主人弟弟。

新川先生微微彎下上半身。

「待會兒我想前往主人的房間看看。如果各位不嫌麻煩的話，可否請與我一同前往？我有一種不祥的感覺，但願是我杞人憂天。」

春日立刻對我使了使眼色。這是什麼意思啊？

「好像跟去看看比較好。」

古泉二話不說就站了起來。

「或許他因為生病爬不起來。搞不好我們還得撞門進去呢。」

春日倏地從椅子上跳起來：

「阿虛，我們走吧！我心裡亂糟糟的。哪，有希跟實玖瑠也一起去！」

此時，春日臉上露出前所未見的嚴肅表情。

讓我簡短地做個說明吧：

圭一先生的臥室位於三樓，我們怎麼敲門都沒有人回應，古泉去旋轉門把也打不開。用橡木製成的厚重房門，儼然成了一道牆橫阻在我們面前。

在來這裡之前，我們也去多丸裕先生的房間看過了，確實如森小姐所說，床上的床單一絲不亂，看不出有人在這裡睡過一晚的跡象。他跑到哪裡去了？難道兩個人一起躲在圭一先生的房裡嗎？

「房間從裡面上鎖，就表示房裡有人。」

古泉的手指頭支著下巴，露出沉思的表情。他用前所未有、充滿緊張感的語氣說：

「這是最後的辦法了，我們將這扇門給撞開吧！搞不好事態已經嚴重到分秒必爭！」

於是我們像打橄欖球一樣連成一串，一次又一次地衝撞房門。球員是我跟古泉還有新川先生三個人。我相信長門只要動一根手指頭，就可以把門給弄開，但是在眾人環視之下，她總不能施展這種魔法般的伎倆。在ＳＯＳ團三個女孩子和女侍森小姐的環視之下，我們三個人勇敢地連撞了幾次門，就在我的肩胛骨幾乎要發出慘叫時——

門終於彈跳似地敞開了。

一個失衡，我、古泉、新川先生就以衝撞的姿勢一起倒進室內，然後——

是的，景象回到了開頭時的畫面。時刻表好不容易追上來了。那麼，也該是讓時間回到真實時刻的時候了。

……………

……

…

結束這一長串的回想，我從地上支起身來。我把視線從躺在地上、身上插把刀的圭一先生移開，望著門鎖被彈飛開來的房門。這座豪宅不愧是新蓋好的，房門也閃閃發亮呢……我想著一些不符現實情況的事情。

新川彎下身體，蹲到主人的旁邊，指尖抵住他的脖子，然後抬起頭來看著我們。

「他已經過世了。」

或許是出於職業意識使然吧？他說話的聲音十分沉著。

「啊，呀……」

朝比奈癱軟在走廊上。這是情有可原的。我也想這樣做啊。我甚至覺得長門的面無表情，在這個時候成了一種救贖。

「事情真的大條了。」

古泉從新川先生的對面走近圭一先生。他蹲了下來，用很慎重的手法把手伸向穿著西裝的圭一先生，輕輕地抓起上衣的領子。

白色的襯衫上暈染著紅黑色的液體，形成不規則的圖案。

「咦？」

他發出納悶的叫聲。我也看向他的手。一本記事本放在襯衫的口袋裡。刀子似乎是從西裝外刺穿了筆記，然後深達體內的。看來犯下這件凶案的人，具有相當驚人的臂力。應該不是在場的女性們。啊，擁有可怕蠻力的春日，倒是有可能吧？

古泉的聲音中摻雜著沉痛的氣息：

「保持現場是第一要務。我們先離開這裡吧！」

「實玖瑠，妳還好嗎？」

也難怪春日要擔心，朝比奈好像昏了過去。她靠著長門那細瘦的雙腳，癱坐在地上，緊緊地閉著眼睛。

「有希，我們把實玖瑠帶到我的房間去吧！妳抱住她那邊的手。」

春日竟然會說出這麼具有常識的話，或許正代表她內心的激動。被長門和春日從兩邊抱住的朝比奈，就這樣在半拖半抱之下消失於樓梯口。

確認她們離開之後，我先觀察了一下四周。

新川先生一臉沉痛地對著主人的屍體合掌膜拜，森小姐也滿臉哀淒，低垂著頭。到現在還是不見多丸裕先生的人影。外頭正刮著暴風雨。

「現在——」古泉對我說：「似乎發生了我們該好好思考的事態了。」

「什麼意思？」我問道。古泉的嘴角突然又恢復了原有的笑意。

「你沒有發現嗎？這個狀況如假包換就是封閉軌道。」

這我早就知道了。

「而且，乍看之下就是殺人事件。」

因為看不出是自殺。

「再說，這個房間儼然是間密室。」

我轉過頭，望著上了鎖的窗戶。

「犯人如何在不能進出的房間裡犯下罪行，然後順利地離開？」

這種問題去問犯人吧！

「說的也是。」古泉同意我的說法：「關於這一點，得問問阿裕先生才行。」

古泉請新川去報警，然後又轉過來面對著我。

「請你先到涼宮同學的房間去，我隨後就到。」

這樣似乎比較好。這裡沒有我幫得上忙的事情。

我敲敲門。

「誰？」

「是我。」

門開了條細縫，春日從裡面窺探著。她帶著複雜的表情讓我進門。

「古泉呢？」

「應該隨後就來了吧？」

朝比奈被安置在雙人房的其中一張床上睡著。她的睡臉，讓人產生一股就算不是路過的王子也非吻不可的衝動。但是從她那痛苦的表情，她應該是在昏迷狀態當中，真是天不從人願。

一旁的長門頂著一張像守墓人一般的臉坐在椅子上。妳就繼續這樣吧！千萬別離開朝比奈一步。

「喂，你有什麼看法？」

春日似乎是在問我。

「什麼看法？」

「我是說圭一先生的死。這是場殺人事件嗎？」

只要客觀地來看自己所處的立場，答案自然就出來了吧？我試著這樣推斷。撞開上了鎖的門進去一看，發現倒臥在地的豪宅主人，胸口上插著一把刀。暴風雨中的孤島上發生的密室殺人。太過巧妙的安排了。

「看起來好像是這樣。」

停滯了幾秒鐘的時間，春日吐了口氣，算是給我答覆。

「嗯……」

春日伸手撫著額頭，坐到自己床上。

「怎麼會這樣呢？我完全沒有想過事情會這麼發展。」

她嘟噥地說道。我才想問怎麼會這樣呢！不就是妳在熱切盼望有事件發生嗎？

「但是，我沒想到會變成事實啊！」

春日嘟著嘴，隨即又變了表情。看來，這傢伙似乎在苦惱自己該露出什麼表情才好。看起來她好像並不高興，我總算安了一點心。因為我實在不想被迫扮演第二名被害者的角色。

我凝視著有著一張天使般睡臉的學姊。

「朝比奈學姊的情況怎麼樣？」

「應該沒事吧？只是昏過去而已。真是好直接的反應，太佩服她了。真像是實玖瑠應有的反應。總比歇斯底里好吧！」

春日漫不經心地說道。

在暴風雨襲擊的孤島上發生的密室殺人事件。在旅遊地出於偶然遇上這種事的機率有多少呢？可是我們是ＳＯＳ團，既不是神秘事物研究會，也不是推理小說同好會。不過說起來，尋求不可思議的事物正是春日所抱持的ＳＯＳ團活動理念，所以說穿了，我們現在的遭遇或許正符合這個精神。只不過真的實際碰上，就又另當別論了。

這也是在春日的期盼下才發生的事件嗎？

「唔，事情可真傷腦筋了……」

春日把腳從床上放下來，在房間裡來回踱步。

她給我的感覺，就像是本來只是打算在愚人節開個玩笑、沒想到玩笑成真而困惑不已的惡作劇小鬼，渾身散發出從以為是空的葫蘆裡真的倒出一個特大號的棋子（註：「葫蘆跑出棋子」為日本俗諺，表示出乎意外）一樣的氣息。這種氣息讓我也感覺不舒服。

怎麼辦呢？

如果可能的話，我很想躺在朝比奈旁邊陪著她睡，但是現在逃避現實也於事無補了。終究還是得想出個善後的方法吧？古泉到底打算怎麼做啊？

「嗯，畢竟不能在這邊無所事事。」

畢竟？春日斬釘截鐵地斷言道，站到我面前來。她帶著認真的表情，以挑釁的眼神看著我。

「我要確認一件事情。阿虛，你跟我來。」

我實在不想放著朝比奈不管就這樣離開。

「有希也在，不用擔心啦！有希，把門鎖好，任何人來都不能開門，明白嗎？」

長門帶著沉著冷靜的表情，定定地看著我跟春日。

「明白了。」

她用沒有高低起伏的聲音回答道。

那雙經過去光處理的眼睛，瞬間和我的視線糾結在一起。這時，長門以只有我能理解的角度點了點頭──我有這種感覺。

危險應該不會落到我跟春日頭上吧？萬一發生什麼異常的狀況，長門是不會默不作聲的。我把之前拜訪電腦研究社社長家裡時發生的事情從記憶中拉出來，企圖說服自己。

「走了，阿虛。」

春日一把抓住我的手腕，從房裡踏到走廊上。

「我們要去哪裡？」

「當然是圭一先生的房間囉！剛才沒空仔細觀察，所以我要再去確認一次。」

想起胸口插著一把刀、躺在地上的圭一先生，和粘在白色襯衫上的血水，我頓時產生了猶豫。那可不是一幅值得瞪著眼睛欣賞的景象。

春日邊走邊說：

「然後，我們還得查出阿裕先生跑到哪裡去了。搞不好他還在建築物裡面，而且……」

發生這麼大的騷動，如果阿裕先生跟事件沒有任何關係的話，到現在都沒有現身就實在太說不過去了。他不現身，代表兩種可能性。

我被春日拉扯著，一邊爬上樓梯，一邊說：

「一種是阿裕先生就是犯人，早就離開別墅跑走了；要不就是阿裕先生也成了被害人……對吧？」

「沒錯。可是如果阿裕先生不是犯人的話，事情就變得有點討厭了。」

「不管犯人是誰，我都覺得討厭……」

春日斜眼看著我。

「我說阿虛啊，在這座宅邸裡面，除了多丸先生他們兩兄弟之外，就只剩下新川先生和森小姐，另外就是我們五個人而已。犯人會不會就是其中一個人？我不想懷疑自己的團員，也不想把任何團員交給警方。」

她的語氣聽起來是那麼地沉著冷靜。

原來如此，妳是在擔心同伴當中有殺人犯啊？我完全沒有想過這種可能性。朝比奈根本不是問題，就算是長門，她應該可以做得更乾淨俐落的；至於古泉的話……對了，最接近多丸先生的人就是古泉。他說與多丸先生是親戚，和完全不相關的我們相較之下，他的立場確實是比我們親密一些。

「不對。」

我輕輕地戳戳自己的頭。

古泉又不是傻瓜。他總不會在這種狀況下，刻意做出這種事情來吧？我不認為他會為了使狀況符合封閉軌道的模式，就引發殺人事件，他的腦袋沒那麼差。

會有這種想法的人，只要有春日一個就夠了。

圭一先生位於三樓的房間前面，新川管家正張開兩腿在那邊站崗。

「我報了警，警方交代不准任何人進入。」

他恭敬地低下頭去。房間的門仍然保持被我們撞破時的狀態，由新川先生的身側隱約可以看到圭一先生的手指頭。

「警察什麼時候會來？」

春日質問道，新川先生很客氣地回答：

「等暴風雨一停就來了。根據氣象預報，明天下午天候就可望好轉，所以我想應該是那個時候吧？」

「嗯。」

春日不時瞄著門內。

「我有事想問你。」

「什麼事？」

「圭一先生和阿裕先生的感情不好嗎？」

新川先生那一絲不苟的管家態度有了些微的變化。

「老實說，我不清楚。因為我在這裡服務的時間，只有這一個星期而已。」

「一個星期？」我跟春日異口同聲問道。

新川先生不疾不徐地點點頭。

「是的。我是管家沒錯，但是我是兼職的臨時雇用管家。我們簽訂的契約，是夏天為期兩週的時間而已。」

「也就是說，你只在這棟別墅工作？不是從以前就跟在圭一先生身邊的？」

「是的。」

原來，新川管家是圭一先生在這座島上生活期間受雇的臨時管家。如果是這樣，或許——

我的疑問似乎也同時是春日的疑問。

「森小姐也一樣嗎？她也是臨時雇用的女侍嗎？」

「您說的沒錯，她也是同時期被採用到這裡來工作的。」

好豪邁的作風啊！圭一先生雇用這兩名管家和女侍，竟只為了夏天的假期。我覺得他用錢的方法似乎值得商榷，不過話又說回來，雇用管家和女侍……

差一點就脫口說出我心中隱隱約約的想法，趕緊將它們給拉了回去。我試著小心翼翼觀察新川先生的表情。他看起來只像是一個披著一絲不苟的盔甲的老紳士。他或許真是這樣的人沒錯，可是……

我沒有多說什麼，將那個小小的念頭給埋在心裡。待會兒見到那傢伙時再問他吧。

「原來如此，傭人也有分正式員工和約聘兩種啊，真是學到了新知識了。」

什麼新知識啊？春日似乎很能理解似地點點頭。

「不能進房間，那也沒辦法了。阿虛，進行下一步、下一步。」

她又拉著我的手臂，大步地往前走。

「現在又要去哪裡啊？」

「外頭，確定有沒有船。」

在這種颱風天裡，我實在不想跟春日兩個人沒事亂晃。

「我呀，只相信自己的眼睛看到的東西。傳來傳去的情報，往往都會摻雜一些不必要的雜音。你聽著，阿虛，最重要的是拿到第一手情報。經過別人的眼睛或手傳過來的二手情報，打一開始就不能相信。」

唔，從某方面來說，這倒是很正確的說法。但是這麼一來，除了進入自己的視野之內的東西之外，其他的事物不就幾乎都是不能相信的？

正當我針對情報媒體的有效性認真思考時，春日將我帶到了一樓，森園生小姐正好站在樓梯口處。

「兩位要外出嗎？」

森小姐對我跟春日說道，春日也回答她：

「嗯，我想去看看有沒有船。」

「我想是不會有的。」

「為什麼？」

森小姐輕輕一笑回答：

「昨晚我看到了阿裕先生，當時他好像有什麼急事似地走向玄關。」

我和春日相對而視。

「妳是說阿裕先生偷走了船，離開島上了？」

森小姐帶著淺淺的笑容，蠕動著嘴唇：

「我只是和阿裕先生在走廊上擦身而過，並沒有親眼看到他出去。可是，那是我最後一次看到阿裕先生。」

「幾點左右？」春日問。

「我想是凌晨一點左右。」

那正是我們爛醉如泥、睡得不省人事的時間帶。

這是不是代表，圭一先生穿著西裝倒臥在地上也是在這個時候？

一打開門，雨滴就像子彈一般敲打在我們身上。我們費了一番力氣穿過被風雨擋住而變得沉重無比的門來到外頭，不消幾秒鐘，我跟春日就變成了落湯雞。早知道就穿泳衣來了。

覆蓋著暗灰色雲層的天空綿延到水平線，我想起之前經歷過的閉鎖空間。我想，我大概不會再喜歡這種單一色調的世界了。

「走吧！」

雖然頭髮和T恤被雨水淋得貼在身上，但是春日依然在雨中勇往直前。我也不得不跟著她走。春日的手依然將我的手腕抓得死緊。

在這種如果有翅膀恐怕早就被吹起來的強風當中，我們任憑豪雨在身上肆虐，勉強來到了可以看到碼頭的位置。要是一個不小心，恐怕有跌落到山崖下去的可能。我們再怎麼勇敢，這時候也開始覺得事情不妙了。萬一只有我掉下去的話會氣死人，所以我也反握住春日的手。我

覺得萬一跟她一起掉下去，生還的機率應該會高很多。

我們終於來到了階梯的頂端。

「看得到嗎？阿虛。」

春日的聲音飛散在風中，我對著她點點頭：

「嗯。」

碼頭幾乎整個淹沒在水裡，岸邊唯一活動的東西就是拍打上岸的濤天巨浪。

「沒看到船。不是被水沖走，就是有人開走了吧？」

那是我們離開這座島的唯一交通工具。放眼望去，在一片汪洋中始終看不到那艘華麗的快艇。

於是，我們就這樣被隔離於孤島上了。

我們再度以烏龜爬似的緩慢速度回到別墅，好不容易進到門內時，全身已經濕透了。

「請用這個。」

機靈的森小姐，可能早就在這邊等著了，見我們一進門就立刻遞上浴巾。她用含蓄的口吻問道：

「怎麼樣了？」

「妳說的好像沒錯。」

用毛巾擦著一頭黑髮的春日一臉不悅。

「遊艇不見了。不知道什麼時候不見了。」

不知道是不是原來的長相使然，只見森小姐露出螢火蟲光芒似的微微笑容。就算多丸圭一先生的殺人事件確實讓她產生某些悸動，但是她那張沉穩的表情，卻被職業性的笑容給取代了。因為主人只是短期雇用她的主人，所以這種反應或許很正常吧？

我跟春日一邊為把水滴在走廊上的事情向森小姐道歉，一邊決定回各自的房間去換衣服。

「待會兒到我的房間來。」

爬上樓梯的途中，春日說道。

「在這種時候，大家還是聚在一起的好。看不到所有人平安無事，我就沒辦法放心。要是有個萬一……」

春日話說一半就閉嘴了。我似乎能理解她想說什麼，於是也沒一如往常那樣吐她的槽。

我們來到二樓時，看到古泉站在走廊上。

「辛苦了。」

古泉帶著一如往常的笑容，用眼神向我們示意。他就站在春日的房間前面。

「你在幹什麼？」

春日問道，於是古泉臉上的微笑變成了苦笑，他聳聳肩說：

「我到涼宮同學的房間，想就今後的事情討論一下，但是長門同學硬是不讓我進去。」

「為什麼？」

「這個嘛——」

春日敲了敲房門。

「有希，是我呀，開門哪！」

短暫的沉默之後，長門的聲音隔著門板傳了過來：

「有人交待我，任何人來都不准開門。」

朝比奈似乎還沒醒過來。春日用手指頭把玩著掛在脖子上的毛巾。

「沒事了，有希，我叫妳開門。」

「這樣等於違反了任何人來都不准開門的命令。」

春日愕然地看向我，然後又轉頭去對著門。

「我說有希啊，我所說的任何人，是除了我們之外的任何人啦！我跟阿虛還有古泉就另當別論了。我們同樣都是ＳＯＳ團的同伴，對不對？」

「沒有人這樣交待。我聽到的是不能開門讓任何人進來，這是我的解釋。」

長門平靜的語氣，就像傳達天啟的女神官一樣。

「喂，長門！」

我忍不住插嘴道：

「春日的命令現在解除了。妳不相信的話，我幫她背書。快點開門吧！求求妳。」

木門對面的長門似乎思考了幾秒鐘。隨後響起了鬆開門鎖的聲音，門開始慢慢地打開。

「……………」

長門的眼睛掠過我們三人的頭頂，然後默默地退到裡面。

「真是的！有希，妳好歹也靈活一點嘛！要確實掌握意思嘛！」

春日要古泉等她換好衣服再進去，說著便走進房裡。我也好想念乾爽的衣服，因此姑且容我告退了。

「那就告辭了，古泉。」

我一邊走，一邊想著。

剛剛的一搭一唱，搞不好是長門獨門的玩笑？那是一個誤解他人話中含意，既難以理解又很難笑的玩笑。

長門，拜託妳哦。誰叫妳老是那副表情和臉色，誰都會以為妳是當真的。開玩笑時至少也可以扮個笑臉吧？不如就像古泉一樣，完全無意義地笑吧！絕對會比現在這個樣子好。

雖然現在不是該笑的時候。

我脫下濡濕的衣服，連同內衣褲一起換掉之後，再度來到走廊上。這時古泉已經不見蹤影了。我來到春日的房前敲敲門。

「是我。」

幫我開門的是古泉。我踏進房內，關上門的同時——

「遊艇好像不見了哦？」

古泉靠著牆壁站著。

春日盤腿坐在床上。連一向狂妄不羈的春日，好像也不覺得這種狀況值得欣喜，她憂心忡忡地抬起頭來：

「不見了對不對？阿虛？」

「嗯。」我說。

古泉說：

「大概是某人把船開跑了。不，現在還說『某人』已經沒有意義了吧？逃跑的人就是阿裕先生沒錯。」

「你怎麼知道？」我問道。

「因為沒有其他人了。」

古泉冷冷地回答。

「除了我們之外，沒有其他人被邀請到這座島上來。而被請來的客人當中，從宅邸裡失蹤的就只有阿裕先生一個人。不論怎麼想，他一定就是把船開走的犯人。」

古泉以流利的口吻繼續說：

「也就是說，他就是殺人犯。或許是連夜逃走的吧？」

阿裕先生那張沒有睡過痕跡的床，還有森小姐的證詞。

春日把我們剛才的對話告訴古泉。

「不愧是涼宮同學，妳已經聽說了嗎？」

古泉說著一些拍馬屁的話，我則無意義地「唔～」了一聲。

「阿裕先生好像害怕什麼似地匆忙離開，這跟最後見到阿裕先生的目擊者的證詞是吻合的。我也跟新川先生確認過了。」

可是，在深夜裡開著船到颱風來襲的海面上，這不等於是自殺嗎？

「可見事態緊急啊！譬如必須從殺人現場逃離之類的。」

「阿裕先生會開快艇嗎？」

「這件事尚未確認，不過我們應該可以從結果來推斷吧？因為現在船不見了。」

「等一下！」

春日舉手獲得發言權。

「圭一先生房間的鎖呢？是誰上鎖的？也是阿裕先生嗎？」

「好像不是。」

古泉溫和地做出否定的動作。

「按照新川先生所說，那個房間的鑰匙包括備份鑰匙在內，都是由圭一先生保管的。根據調查，所有的鑰匙都還留在室內。」

「或許有人配了備份鑰匙。」

我提出想到的疑問，古泉搖搖頭。

「阿裕先生應該也是第一次來這棟別墅，我不認為他有配備份鑰匙的時間。」

古泉兩手一攤，做出投降的動作。

室內一片肅然。暴風和豪雨肆虐小島的不協調聲音，彷彿變成渺小又遙遠的往事般，撼動著空氣。

我和春日都無話可說，保持著沉默，古泉卻打破了這股沉悶的氣氛：

「但是，如果阿裕先生犯下昨晚的罪行的話，那就很奇怪了。」

「怎麼說？」春日問。

「我剛剛觸摸圭一先生時，他的身體還有溫度，就好像剛剛還活得好好的一樣。」

古泉突然露出笑容，然後對著宛如朝比奈的侍女一般、隨侍在側的沉默精靈說：

「長門同學，我們發現倒臥在地上的圭一先生時，他的體溫是幾度？」

「三十六度三。」

長門立刻回答道。

等等，長門，妳根本就沒有碰觸到圭一先生，怎麼會知道他的體溫？而且反射的速度快到好像早就在等這個問題一樣……我並沒有將疑問說出口。

現在唯一可能會產生疑問的是春日，但是她或許忙著思索事情，腦筋似乎並沒有轉到這邊來。

「那不就幾乎是一般人的體溫嗎？犯罪時間是什麼時候啊？」

「人類一旦停止生命活動，體溫大約每一小時會下降一度。如果由此推算回來的話，圭一先生的死亡時間，應該是距離被發現時的一個小時之內吧？」

「等一下，古泉。」

該是我插嘴的時候了：

「阿裕先生跑走，不是夜裡的事嗎？」

「嗯，是這樣沒錯。」

「可是，你卻說死亡推斷時間是距離剛剛一個小時之內？」

「就是這樣。」

我用力地壓住自己的太陽穴。

「這麼說來，就等於是阿裕先生趁著颱風夜離開別墅，暫時躲在某個地方，然後早上又回到別墅刺殺了圭一先生，再搭船逃走？」

「不，不是這樣的。」

古泉從容地反駁了我的說法：

「假設死亡推斷時間有緩衝的話，應該是在我們發現之前一個小時出頭。但是，當時我們早就起床集合在餐廳了。這段期間我們不但沒見到阿裕先生，甚至連異常的聲音都沒聽到。就算外頭刮著颱風，這也未免太不自然了。」

「這到底是怎麼回事啊？」

春日不悅地說。她交抱著雙臂，瞇起眼瞪著我跟古泉。妳再怎麼瞪我也沒用啊！有異議的話，就對這個微笑帥哥說吧！

古泉說話了，用輕柔得彷彿在閒話家常的語氣：

「這根本不是什麼事件，只是一場悲哀的事故。」

我從你的態度中，可看不出一絲絲悲哀的味道。

「我認為阿裕先生刺殺圭一先生是錯不了的事實，否則阿裕先生沒有逃跑的理由。」

嗯，應該是吧？

「我不知道他們之間有什麼嫌隙或有什麼動機，總之阿裕先生用刀攻擊圭一先生。可能是把刀藏在背後，然後從正面突然刺過去的吧？圭一先生沒有防備的時間，幾乎是在沒有任何抵抗的情況下被刺殺的。」

說得好像你就在現場目睹一樣。

「但是當時刀子的尖端，可能沒有深達心臟吧？有沒有接觸到肌膚都還不一定呢。刀子刺到圭一先生放在胸前口袋的筆記本，結果只傷到了筆記本。」

「咦？什麼意思？」

春日緊鎖著雙眉問道：

「那圭一先生為什麼死了？是別人殺的嗎？」

「沒有人殺他。這個事件並沒有殺人犯，所以圭一先生的死亡純粹只是個意外。」

「那阿裕先生呢？他為什麼要逃？」

「因為他認為自己殺了人。」

古泉從容不迫地回答道，並豎起了食指。這傢伙想變身成哪位名偵探嗎？

「我告訴各位我的想法，事情的經過是這樣的：昨天晚上，帶有殺人意圖前往圭一先生房間拜訪的阿裕先生，用刀子想刺殺圭一先生，但是刀子卻被筆記本擋住，沒有造成致命傷。」

我實在猜不透他想說什麼，不過就姑且繼續聽下去吧！

「可是，這時麻煩的事情發生了。圭一先生深信自己被刺殺了。刀子雖然只是刺在筆記本上，但是一定也造成相當劇烈的痛楚吧？再加上看到刀刃插在自己胸口上的模樣，免不了會產生精神上的衝擊，這是可以推論的。」

我覺得漸漸可以理解古泉想說的話了。喂，難不成——

「因為被假象欺騙，圭一先生便昏了過去。通常這時候不是倒向側面，要不就是向後倒。」

古泉繼續說道：

「阿裕先生見狀，也深信自己殺了人。之後的過程很簡單，他只有逃命一途。我想他並非事先預謀，可能是因為某個突如其來的動機，而讓他萌生了殺意吧？因此他才會在暴風雨的夜晚開走快艇。」

「咦？可是這麼一來……」

春日話還沒說完，就被古泉制止了。

「請讓我繼續說明。關鍵在於失去意識之後，圭一先生採取的行動。他就這樣昏迷到天亮，一直到因為不見他起床而感到懷疑的我們前去敲門。」

他那時候還活著啊？

「被敲門聲驚醒的圭一先生，起身走到門口附近。但是因為他起床之後一向會覺得很不舒服，我想他的意識應該很朦朧吧？至少不是很清楚。在半無意識當中，他走向門邊，這時終於想起來了。」

「想起什麼？」春日問道。古泉回她一個微笑。

「想起自己被弟弟所殺。頓時，揮刀相向的阿裕先生的身影在他眼底復甦，圭一先生趕緊將門上鎖。」

我再也忍不住了，便插嘴道：

「你不會想說，那就是密室狀態的真相吧？」

「很遺憾，我的確是這麼認為的。昏死過去的圭一先生失去了時間感，他深信是阿裕先生又折回來了。我想，我們從外頭握住門把和他從內部上鎖的時間，只有一步之差吧？」

「如果殺人犯回來是為了給他致命一擊的話，應該不會刻意敲門吧？」

「當時圭一先生的意識很模糊，所以他以朦朧的思考做了快速的判斷。」

好牽強的理由。

「上了鎖的圭一先生企圖離開門邊，大概是出於本能地感覺自己身陷險境吧。悲劇就是在這個時候發生的。」

古泉搖搖頭，彷彿訴說著一場悲劇。

「圭一先生一個踉蹌，整個人摔倒了。像這樣倒下去。」

古泉彎著身體，做出往前傾的姿勢。

「結果，本來只刺到胸前筆記本的刀子，順著他倒到地上的姿勢，就直接刺進了他身體，只剩下刀柄留在外頭。刀刃貫穿了圭一先生的心臟，造成他的死亡……」

古泉斜眼看著像傻瓜一樣張大了嘴巴的我跟春日，語氣堅定地說：

「這就是真相。」

你說什麼？

圭一先生是因為這麼可笑的原因而死的啊？一切就這麼簡單嗎？刀子不偏不倚地刺進筆記本就很不可思議了，而不知道自己是不是真的殺了人的阿裕先生也讓人費解。

我在腦海裡整理思緒，準備反駁。

「啊！」

春日突然大叫，害我嚇了一跳。幹嘛這樣大驚小怪？

「可是，古泉……」

春日話說一半，頓時全身僵硬。她的臉上充滿了驚訝的神色，到底什麼事讓她這樣大驚小怪？古泉說的話哪裡有讓她無法接受的嗎？

春日看向我。視線一和我對望就趕緊移開，似乎想轉過去看古泉，隨即又打消了主意，也不知道為什麼抬眼看著天花板。

「嗯……沒什麼。一定是這樣吧。嗯，該怎麼說呢？」

她嘟噥了一些莫名其妙的話之後，就保持沉默了。

朝比奈仍然在昏睡中，而長門則用茫然的視線看著古泉。

集會暫時解散。我們決定各自回到自己的房間。據古泉所說，待暴風雨一過，警方就會立刻趕來，所以我們想在警察到達之前，先把自己的行李整理好。

我在自己的房間打發了一段時間之後，抱著滿腹的疑惑前往某個房間。

「什麼事？」

正在折疊替換下來的襯衫的古泉抬起頭來，對著我笑。

「我有話跟你說。」

我去拜訪古泉的理由只有一個。

「我無法理解。」

那是當然的。古泉的推理當中有某些部分是無法自圓其說的，那是致命的缺陷。

「按照你的說法，屍體被發現時應該是趴著的，但是圭一先生卻是仰躺在地上，這該怎麼解釋？」

古泉從坐著的床上站起來，和我相對而視。

這個只會微笑的笨蛋大剌剌地回答：

「理由很單純。因為我告訴大家的推理是假真相。」

我並沒有太大的反應。

「我想也是。能夠接受你的說詞的，大概只有沒有意識的朝比奈。如果我去問長門，她應該會把所有的實情都告訴我，但是那就像作弊一樣，所以我不喜歡。你倒是說說看你真正的想法。」

古泉那端整的臉孔扭曲成笑臉，發出低沉而刺耳的笑聲。

「那我就告訴你吧！剛剛我所陳述的真相，到中間那一段為止都是吻合的，只有最後的部分是錯的。」

我不說話。

「圭一先生以刀子刺在胸口的模樣走近房門……到這一部分是正確的，他下意識地將房門上鎖也沒錯，錯的是接下來的部分。」

古泉做出請我坐下的姿勢，我不予理會。

「看來，你好像注意到了。我真是有眼不識泰山啊。」

「少廢話，繼續說下去。」

古泉聳聳肩。

「我們用身體衝撞房門，將它撞破。正確說來，就是我跟你還有新川先生。之後，門被撞開了，並且狠狠地往內側倒落。」

我默不作聲，催促他說下去。

「你應該已經了解到，那會造成什麼樣的結果。當時站在門前的圭一先生被門打個正著，而刀柄也一樣。」

我試著去描繪那副景象。

「被這麼一撞，刀子便造成了圭一先生的死亡。」

古泉再度坐回床上，帶著挑戰似的眼神抬眼看著我。

「也就是說，犯人就是……」

古泉帶著微笑，喃喃自語般地說：

「我跟你還有新川先生。」

我俯視著古泉。要是這裡有鏡子的話，我一定可以看到帶著冰冷眼神的自己吧？古泉不理會我的反應，又繼續說道：

「如同你發現了一樣，涼宮同學也注意到了真相，所以她才欲言又止。她不想舉發我們，或許是想保護自己的同伴吧！」

古泉理所當然地說。可是我還是不能接受。我的大腦新皮質還沒有衰老到會被這種詐欺式的第二推理所迷惑。

「哼。」

我不以為然地哼了一聲，瞪著古泉。

「很抱歉，我不相信你。」

「什麼意思？」

「我想，你是打算在宣佈粗糙的推理之後，編出第二個真相來矇騙眾人，但是我是不會被這種說法給欺騙的。」

現在的我是不是挺酷的？那我再說一點給你聽吧！

「你仔細想想吧！想想根本的問題何在。我們把重點擺在殺人事件就好了。你聽著，那種案件怎麼會在如此天時、地利、人合的情況下發生？」

這次換成古泉默不作聲，催促我說話。

「颱風來襲可能是出於偶然，或者是春日造成的，但是這已經不是重要的問題了。關鍵在於事件的發生製造了一具屍體。」

我頓了一下，用舌頭潤了潤嘴唇。

「你或許會認為，是因為春日這樣希望，所以發生了事件。但是，不管嘴巴上怎麼胡說八道，春日是不會真的希望有人死亡的。看她那個樣子就知道了。也就是說，引發這次事件的不是春日。還有，你聽著，我們親臨事件現場也並非偶然。」

「哦？」古泉說：「那麼是為什麼？」

「這個事件……應該說這次的小旅行，或許也可以說是ＳＯＳ團的夏季合宿活動——促成這次的事件的真兇，應該是你才對。我說的沒錯吧？」

彷彿被出其不意地抓包，整張笑臉頓時凍結的古泉僵了幾秒鐘。可是——

古泉從喉頭發出了吃吃的笑聲。

「真是敗給你了。你怎麼知道的？」

看著我的古泉，眼中浮現了和我在文藝社教室裡看到的同樣色彩。

我的腦灰白質可也不是為了好看才存在的。我感到輕鬆了一些，同時又說道：

「當時，你問長門屍體的體溫。」

「那有什麼不對？」

「你根據體溫，而說出死亡推測時間。」

「我確實是說了。」

「長門是個很好用的人。你也知道，幾乎所有的事情她都可以告訴我們。你應該問長門的不是體溫，而是死亡推斷時間。不，不是推斷。我相信她應該甚至可以用秒為單位告訴大家死亡的正確時刻。」

「有道理。」

「要是你問死亡時間的話，長門應該會回答人並沒有死。而且，你沒有一次稱呼在那個狀態下的多丸先生為屍體。」

「至少這是一種公平的作法。」

「還有，別看我吊兒郎當的，該注意的事情我還是會注意的，也就是圭一先生的房門內側。根據你的說法，門應該是以相當大的撞擊力撞到刀柄上，大到足以把刀子嵌進人的身體裡。要是有那樣的力道，門上應該會造成些微的損傷或凹陷吧？可是門板卻完好如初，沒有任何傷痕。」

「好厲害的觀察眼力。」

「還有一點，新川先生和森小姐也有問題。他們都聲稱過來這邊還不到一個星期。他們在一個星期之前受聘，然後才來到這座島上，是不是這樣？」

「是的。這有什麼奇怪嗎？」

「當然奇怪，因為你的態度太可疑了。你回想剛到這裡來的第一天，看到前來快艇搭乘處接我們的新川先生和森小姐時，你自己說過的話。」

「我說了什麼來著？」

「你說『好久不見了』。這不是很奇怪嗎？你怎麼可能對他們兩個人說這種話？你也說過，你是第一次到這座島上來，跟他們應該也是第一次見面，為什麼可以像早就認識一樣地寒暄？這說不過去吧？」

古泉吃吃地笑著。

這也意味著他沒有反駁的意思。我在感到虛脫的同時，也了解了一切，這時古泉打開了話匣子：

「是的，這次的事件都是事先安排好的，是齣誇張的短劇。只是沒想到會被你給識破。」

「別小看我。」

「容我致歉。不過，我承認是感到很意外。我本來想找個時間自白的，沒想到真相這麼快就被揭穿了。」

「也就是說，多丸先生森小姐還有其他的所有人，都是你的共犯吧？我想應該是你那啥鳥『機關』的同事？」

「是的。以外行人而言，你不覺得他們的演技都很棒嗎？」

刺進胸口的那把刀子的刀刃，其實在中途就會縮進去；紅色的暈染是看起來像血水的塗料；當然圭一先生只是裝死；而失蹤的阿裕先生和快艇，則是移到島的另一側去了。

古泉輕鬆愉快地說明了真相。

「為什麼要計畫這種事？」

「為了打發涼宮同學的煩悶，同時也為了減輕我們的負擔。」

「什麼意思？」

「我應該告訴過你了。也就是說，為了避免涼宮同學想到什麼奇怪的點子，所以應該先行提供娛樂給她。目前的涼宮同學，不是滿腦子都是這個事件嗎？」

春日似乎深信我們就是犯人。需要做到這種地步嗎？

之後，春日顯得莫明地溫順。她若有所思。這讓人感到很不舒服。

「那麼就必須把預定計畫提前了。」古泉說：「按照我們的原訂計畫，是打算當我們搭遊艇回到本州時，多丸圭一先生、阿裕先生還有新川先生、森小姐四個人會滿臉笑容地前來迎接我們。哦，當然關於『機關』的事情會刻意隱瞞，他們的身分仍然是我的親戚。」

真是個驚喜派對。

我嘆了口氣。這種玩笑，如果適用於春日就好了。萬一春日真的冒火了，可要由你負責滅火哦。因為我要先逃命去了。

古泉閉上一隻眼睛微笑道：

「那就不得了了。我看還是趕緊道歉為妙。我就跟多丸他們一起去鞠躬道歉吧！扮演屍體這麼久，應該也很累了吧？」

我默默地把視線望向窗外。

春日會怎麼做呢？會因為被騙而大發雷霆？還是坦然地享受箇中樂趣，而笑倒在地上？無論如何，她現在難以捉摸的精神狀態總會朝讓人容易掌握的方向發展吧？古泉帶著苦笑說：

「我們也安排好了扮演刑警和鑑識人員的人，看來辛苦的準備工作是白忙一場了。話又說回來，我沒想到結局會是這麼雲淡風輕啊。本來我們的預定表上，是要搜查屋內和進行現場勘驗的……真是失敗。」

那是因為你們思慮不周吧？

我望著陰暗的天空，心裡想著，天氣在幾個小時之後會變得如何晴朗呢？

結果，古泉的副團長臂章並沒有被收回去。在颱風急速掃過之後的蔚藍天空下，回程的遊艇裡，春日的心情始終很好，並且一直持續到大家在車站前解散。真慶幸春日有顆單純地把玩笑當成玩笑來看的腦袋。

不過，古泉卻落得必須到船內商店去買五人份的便當和罐裝果汁請大家的下場。不過我覺得事情能這樣收場，實在是太便宜他了。

可能打一開始就知道真相的長門，謙恭地貫徹沒有反應的態度。而醒過來的朝比奈則大叫：「好過分！」表現出可愛的抗議，但是一看到古泉、多丸兄弟以及扮演傭人的兩個人低頭致歉，又趕緊道歉回去：「啊，沒關係，我不會放在心上的。」

話又說回來，當大家集合在前往本州的遊艇甲板上準備拍攝合照時，春日先下了訂單：

「冬天的合宿也有勞你了，古泉。下次要想出更驚悚的劇本哦！下次我們要去山莊合宿，而且必須要下大雪才行。下次如果沒有準備讓我滿意的恐怖洋房的話，我可真的會生氣的。嗯，我從現在就好期待！」

「嗯……該怎麼安排呢？」

古泉帶著彷彿第二次世界大戰末期被送到歐洲西部戰線、以一個分隊的力量生擒對方總司令、而獲得總統直接召見的菜鳥德國軍官一樣楞頭楞腦的笑容，對著我露出求救的表情。

我以彷彿看著在比數相同的情況下進行決賽的延長賽中，朝著我方球門射出一記好球的後衛的眼神看著古泉，說了一句言不由衷的話：

「這個嘛，我也很期待哦，古泉。」

期待那會是一個至少讓我能夠識破，不會下場落得無法收拾的遊戲。

同時，這也是為了不讓對日常生活感到煩悶無聊的春日，又啟動什麼異常現象的最佳手段。

後記

我不是很清楚詳細的來龍去脈，不過在書尾刊登後記似乎是一種固定模式，就好像「只要風一吹，水桶店就一定會賺錢」（註：日本俗諺）一樣讓人沒有懷疑的餘地，而且編輯居然還說出「寫幾頁都沒有關係」這種讓人欣喜若狂的話。不過，我還是把這個機會讓出去，這一次打算針對收錄在本書中的各段故事寫些類似後續發展的文字，來補滿這些頁數。

我只就整體的感想而論，至於「一年過得很快，兩個月過得更快」這種再理所當然不過的廢話，我就姑且忍痛割愛了，以下就是各段故事的簡介。

「涼宮春日的煩悶」

這是一篇同書名的作品，也是ＳＯＳ團幾個成員最早與大家見面的故事。應該是在《涼宮春日的憂鬱》問世之前兩個月，就在「The Sneaker」上刊載了吧？

當初我還兀自擔心，再怎麼樣也不能把後續發展搶在正篇之前刊載出來。但是擔心這些枝微末節的好像只有我一個人，其他人似乎都沒有任何疑問，所以我也就放心了。因為這是信手捻來寫成的故事，很擔心不能盡如人意，但是結果並沒有任何人或任何地方對此評論好壞，至少並沒有傳到我耳裡，所以我也就安慰自己，這樣也沒什麼不好。

順便告訴各位，就我的記憶所及，我一生中參加過的草地棒球賽頂多不到十次。身為老是接不到高飛球的二壘手，當然沒什麼值得流傳後世的名聲。我現在才發現，自己從來沒有打過安打，於今想起雖然已經太遲，但是依然感到一陣愕然。

「竹葉狂想曲」

最初取的暫定標題是「朝比奈實玖瑠的困惑」，但是又覺得似乎很難讓人了解這是系列作品，所以才會變成這樣的章名。當時並沒想到一次刊完的短篇故事會繼續刊載下去，我還記得看到雜誌的最後一頁寫著「下期待續」時的訝異，那種感覺至今還鮮明地留在腦海裡。

因為有未來人存在，覺得不寫個時光旅行之類的故事好像不行，於是就寫了這篇故事。但是心中卻漠然地想著，希望這個故事能成為以後的伏筆。

「神秘信號」

因為某種機緣，這是我從靈光乍現到寫作完成花了最短時間的作品。才在想要讓書中那些人做些什麼事，回過神來時卻已經出現了這樣的結果。從這篇作品開始，我開始想把系列標題取名為「加油吧長門同學」，但是這麼一來故事好像就會走進死胡同，所以只好作罷。不過，她是所有的成員中可望最活躍的角色，我對她也充滿了期待。長門同學，真的有勞妳了。話又說回來，眼鏡該怎麼辦呢？是不是戴上去會比較好一點？

本來想讓電腦研究社的社長更多一點戲份的，但是目前只是一個模糊的想法，誰也不知道將來會怎樣。

「孤島症候群」

事實上，這篇故事早在「神秘信號」之前就開始寫了，也預定要刊載的，但是寫著寫著竟然越來越長，就因為這種我個人應負全責的因素，它便成了文庫額外的新作品。也因為這樣，這篇故事成了本書中頁數最多的篇章，是有一點高不成、低不就味道的「贈品」，因此我有許多需要反省的地方。我經常想要想辦法改善自己的做事方法，但是想起來輕鬆，回頭看看自己的人生，事實上言行一致的事情卻真的屈指可數。因為這個理由，目前我的腦袋已經退化成變形蟲了。

有沒有人願意提供孤島上的豪華住宿設施，讓我住一個星期呢？如果需要證人的話，我想我是可以勝任的。雖然，這個證人可能一整天都在昏睡當中。

就這樣，我很榮幸地出了第三本作品，這完全是拜各位之賜。我真的很想把各位的名字、職稱甚至暱稱全都列出來，包括許多不特定的讀者，還有我沒辦法知道尊姓大名的各位，但是實在族繁不及備載，只能在此致上我最誠摯的謝意。

期待下次在某個地方再見。

谷川　流

Kadokawa Fantastic Novels

灼眼的夏娜1
作者／高橋彌七郎　插畫／いとうのいぢ
ISBN986-7299-88-4
電擊遊戲小說大賞受賞作家高橋彌七郎的校園奇幻故事。當平凡的高中男生遇上炎髮灼眼的少女時，他的日常生活被脫軌失序的異世界取代……

灼眼的夏娜2
作者／高橋彌七郎　插畫／いとうのいぢ
ISBN986-7189-67-1
存在喪失者悠二，藉由體內的寶具「零時迷子」，得以過著正常人的生活。夏娜想以自己的方式為悠二打氣，可惜一再弄巧成拙。此時，另一名火霧戰士現身了……

灼眼的夏娜3
作者／高橋彌七郎　插畫／いとうのいぢ
ISBN986-174-002-3
貌似柔弱的吉田一美正式對夏娜宣戰！而擾亂她們心緒的悠二，察覺到一片陰影籠罩著天空，這正是「紅世使徒」所釋放出來，名為「搖籃花園」的詭異封絕。

撲殺天使朵庫蘿1
作者／おかゆまさき　插畫／とりしも
ISBN986-7189-83-3
隨著一陣謎樣的聲響，草壁櫻的家裡突然冒出一個天使。她的名字叫做撲殺天使朵庫蘿！不知不覺賴在阿櫻家住下來的朵庫蘿，開始對阿櫻展開種種誘惑!!

.hack//ANOTHER BIRTH 另一個誕生Vol.1 感染擴大
作者／川崎美羽　監修／伊藤和典
ISBN 986-7189-47-7
為了拯救在網路遊戲中突然失去意識的弟弟，晶良以重劍士黑玫瑰的身分進入遊戲展開查訪。然而她與雙劍士凱特的相遇，竟是一場超越遊戲框架之戰的序幕……

伊里野的天空、UFO的夏天1
作者／秋山瑞人　插畫／駒都えーじ
ISBN986-7299-99-X
園原中學二年級的淺羽直之，在學校的游泳池畔，邂逅了一個手腕上埋有金屬球體，名叫「伊里野加奈」的少女。而他們兩人之間的奇妙因緣也從此開始…

伊里野的天空、UFO的夏天2
作者／秋山瑞人　插畫／駒都えーじ
ISBN986-7189-85-X
淺羽直之與伊里野加奈初次約會，但跟蹤他們的有一個、兩個、三個人…結果當然不是平安結束，還發生了「很不平安」的事件…本集收錄3個單元＋特別番外篇。

Kadokawa Fantastic Novels

奇諾の旅 I the Beautiful World

作者／時雨沢惠一　插畫／黑星紅白

ISBN986-7664-77-9

『世界並不美麗。正因為如此才顯出它的美』。以短篇小說的形式串聯出人類奇諾與會說話的摩托車漢密斯的旅行故事。前所未見的新感覺小說登場。

奇諾の旅 II the Beautiful World

作者／時雨沢惠一　插畫／黑星紅白

ISBN986-7664-95-7

人類奇諾與會說話的摩托車漢密斯的旅行故事。以短篇小說的形式，串聯出前所未見的新感覺小說第2彈！書中登滿了超人氣黑星紅白的彩色插圖!!

奇諾の旅 III the Beautiful World

作者／時雨沢惠一　插畫／黑星紅白

ISBN986-7427-08-4

當奇諾跟漢密斯還在師父家的時候，奇諾她們的住處來了三名山賊？（「說服力」）。收錄共6話的內容。蔚為話題之新感覺小說第3彈！

奇諾の旅 IV the Beautiful World

作者／時雨沢惠一　插畫／黑星紅白

ISBN986-7427-41-6

來到某個國家的奇諾與漢密斯，看到一對吵得很兇的男女……（「兩人之國」）。收錄共11話的內容。蔚為話題之新感覺小說第4彈！

奇諾の旅 V the Beautiful World

作者／時雨沢惠一　插畫／黑星紅白

ISBN986-7427-60-2

前往某個國家的奇諾與漢密斯遇到一名男子。那男子希望能與她們同行，但是奇諾斷然拒絕。接下來……（「能殺人之國」）。收錄共10話的內容。

奇諾の旅 VI the Beautiful World

作者／時雨沢惠一　插畫／黑星紅白

ISBN986-7427-89-0

等待出境的奇諾與漢密斯遇到一名男子。那男子說過去殺了人，為了乞求原諒便跟一名女性出來旅行。（「她的旅行」）。收錄共11話的內容。

奇諾の旅 VII the Beautiful World

作者／時雨沢惠一　插畫／黑星紅白

ISBN986-7299-19-1

奇諾與漢密斯遇見了「移動之國」並入境。而那個「移動之國」前往的地方還有個「禁止通行之國」，之後……（「困擾之國」）。收錄共8話的內容。

Kadokawa Fantastic Novels

奇諾の旅Ⅷ the Beautiful World
作者／時雨沢惠一　插畫／黑星紅白
ISBN986-7299-71-X
奇諾與漢密斯拜訪一個國家，該國全體國民都有戴「眼鏡」的義務，而那付眼鏡是用來……（「無法做壞事之國」）等。超人氣系列作品最新作!!

艾莉森Ⅰ
作者／時雨沢惠一　插畫／黑星紅白
ISBN986-7189-16-7
淘氣女飛官艾莉森與乖乖牌優等生維爾，為了尋找吹牛老爺爺所說之「可以結束洛克榭和斯貝伊爾兩國之間戰爭的寶物」，踏上了一段不可思議的飛翔冒險之旅。

艾莉森Ⅱ 白晝夜夢
作者／時雨沢惠一　插畫／黑星紅白
ISBN986-7189-68-X
艾莉森偶然得知維爾冬季研修旅行一事，於是立了一個計劃，倆人因而共渡了一段時間……他們偶然來到某個村莊，他們在喝了村民的奉茶後竟昏倒而被綁架……

今天開始魔の自由業！
作者／喬林　知　插畫／松本手毬
ISBN986-7427-59-9
平凡的高中生澀谷有利，被馬桶的急促水流帶到了充滿歐洲風格的異世界！還莫名其妙成為真魔國的魔王？讓你笑破肚皮的刺激奇幻冒險小說，堂堂登場囉！

這次是魔の最終兵器！
作者／喬林　知　插畫／松本手毬
ISBN986-7427-87-4
一不小心就當上魔王的有利，為了尋找魔王的最終兵器——魔劍，踏上了尋劍之旅，卻遇到了不少窘境！絕對讓你捧腹大笑的奇幻冒險小說，再度登場！

今夜是魔の大逃亡！
作者／喬林　知　插畫／松本手毬
ISBN986-7299-21-3
有利陰錯陽差又回到了真魔國，這次的任務是尋找能夠呼風喚雨的魔笛！不料，竟跟古恩達被誤會成情侶!?讓你捧腹大笑、High到最高點的奇幻冒險小說第三集！

明天將吹起魔の大風暴！
作者／喬林　知　插畫／松本手毬
ISBN986-7299-72-8
一名自稱是「魔王之胤嗣」的少女出現，破壞了有利在真魔國的平靜生活。對了，什麼是胤嗣啊？咦，私生子？我的!?傳說中高潮迭起的奇幻冒險故事第四集！

國家圖書館出版品預行編目資料

涼宮春日的煩悶／谷川流著；陳惠莉譯.
——初版.　——臺北市：臺灣國際角川, 2005
〔民94〕
面；　公分
譯自：涼宮ハルヒの退屈
ISBN 986-7299-53-1(平裝)

861.57　　94004186

Kadokawa Fantastic Novels

涼宮春日的煩悶

（原著名：涼宮ハルヒの退屈）

2005年4月21日 初版第1刷發行
2023年12月15日 初版第18刷發行
作　　者：谷川流
插　　畫：いとうのいぢ
譯　　者：王敏媜
發 行 人：台灣角川股份有限公司
總　　監：呂慧君
總 編 輯：蔡佩芬
主　　編：林秀儒
編　　輯：黎夢萍
設計指導：陳晞叡
美術設計：莊捷寧
印　　務：李明修（主任）、張加恩（主任）、張凱棋
發 行 所：台灣角川股份有限公司
地　　址：104台北市中山區松江路223號3樓
電　　話：（02）2515-3000
傳　　真：（02）2515-0033
網　　址：www.kadokawa.com.tw
劃撥帳戶：台灣角川股份有限公司
劃撥帳號：19487412
法律顧問：有澤法律事務所
製　　版：巨茂科技印刷有限公司
ISBN：978-986-729-953-6